Tierisch-menschliches in Lyrik und Prosa

von Peter Siefermann,
Ilse Skrobek und Carola Betting

Von *A – Z*, von **Alderode – Zabre**, nicht ganz ernst zu nehmende Gedichte über Tiere und Menschen, begleitet von kurzen Geschichten aus dem fast wahren Leben der Autoren, aufgelockert durch bunte Illustrationen.

Für Bexi

Impressum
Twentysix – der Self-Publishing-Verlag

Eine Kooperation zwischen der Verlagsgruppe **Random House**
und **BoD – Books on Demand**

Herausgeber und Verlag

BoD – Books on Demand, Norderstedt

ISBN: 9783740714000

Seltsame Tiere

Zwei *Lopen*

Zwei *Lopen* wohnten nebenan,
ein Männchen und ein Weibchen.
Frau *Lope* hatte Röckchen an,
Herr *Lope* trug ein Leibchen.

Die beiden hatten ständig Streit.
Das war ein Auf und Nieder.
Heulten allein, dann auch zu zweit,
dann zofften sie sich wieder.

„Du bist dagegen", schalt er sie.
„Du bist 'ne *Anti* aus Prinzip."
Dann schüttelt mit Gewalt er sie
und schreit: „Ich hab' dich nicht mehr lieb."

„Das ist ja typisch für 'nen *Pro*.
Du musst ja stets dafür sein.
Grundsätzlich *pro*, und sowieso
will ich nicht mehr bei dir sein.

Ich zieh´ zu meiner Mutter hin,
zurück in die Savanne.
Und folgst du mir aus Eigensinn,
hau´ ich dich mit ´ner Pfanne.“

„Ja, geh´ nur zu, du *Anti* du,
doch eins will ich dir sagen:
Du wirst in Zukunft, hör´ mir zu,
´nen andern Namen tragen.“

Frau *Lope* sagt: „Ist grade recht,
bin längst dein Weib gewesen.
Frau *Antilope* klingt nicht schlecht.
Nun kann ich dich vergessen.“

Lope ist baff. Ein echter Schock.
Heißt er dann wohl *Prolope*?
Er hängt sein Leibchen, sie den Rock,
nun an die Garderobe.

Die *Antilopen* sind bekannt,
das kann man auch beweisen.
Prolopen kennt man fürderhand
nur noch in Dichterkreisen.

Kungärä

Als neulich ich auf Reisen war,
im fernen Land Australien,
ernährte ich mich wunderbar
bewusst von Naturalien.

Dass ´s *Kungärä* dazu gehört,
das hat mich auch gewundert.
Man sie dort einfach überfährt:
So schafft man täglich hundert.

Esse ich Fleisch des *Kungärä*,
dann krieg´ ich Magengrimmen.
Dass es außer der Zunge zäh
wie Leder ist, mag stimmen.

Als Kurzbratfleisch bleibt es nie zart,
es hat zu viele Sehnen.
Als Steak zum Beispiel wird es hart
wie Blech zwischen den Zähnen.

Am besten geht es als Ragout,
das stundenlang in Soße
geköchelt hat, und reicht dazu
Champignons aus der Dose.

Es gibt sie dort millionenfach.
Sie sind 'ne echte Plage,
und steh'n uns bis zum Halse, ach,
ans Ende aller Tage.

Wohin damit? Wo bleiben sie,
die hunderttausend Pfunde?
Es gibt 'ne Futterindustrie
für Katzen und für Hunde.

Ich esse Hasenfleisch nie mehr!
Ich kann nicht übertünchen,
dass *Kungäräs* seh'n ähnlich sehr
den heimischen Kaninchen.

Der *Poril*

Mein Lieblingsvogel, der *Poril,*
der wohnt gleich um die Ecke.
Hat mich gebeten um Asyl
und dass ich ihn verstecke.

Der arme Kerl, zwei Wochen her,
dass er kam angeflogen,
er seufzte leis´: „Ich kann nicht mehr,
mein Weib hat mich betrogen.

Im Winter war´s, in Afrika,
dort unten in den Tropen.
Zuerst dacht´ ich, *Porilika*
hätt´ was mit ´nem *Prolopen.*

Doch dann, verflixt, dann kam heraus,
so hat sie mir geschildert,
es hat ein prächt´ger Vogel Strauß
in mei´m Revier gewildert.

Sie sagte, dass sie glücklich wär´
und er sei es nicht minder,
auch wenn sie wären traurig sehr
zu kriegen keine Kinder.

Ich hab´ gefragt, ob sie wohl spinnt?,
das kann doch niemals gut geh´n.
Ich hab´ dem Strauß gesagt geschwind,
er soll bloß seinen Hut nehm´n.

Der lacht: ‚Hau ab, du kleiner Wicht,
sonst werd´ ich nach dir picken,
und pick dir aus das Lebenslicht.
Lass´ dich nie wieder blicken!‘

Da floh ich jenes Jammertal,
mein Herz so voller Trauer.
Ich danke, dass ich vorerst mal
hierbleiben kann auf Dauer.“

Nun wohnt mein Lieblingsvogel hier,
mitten im kalten Winter.
Manchmal, da spielt er Schach mit mir,
und ziemlich oft gewinnt er.

Alternativ:
Aus die Maus. Ich retournierte
entgeistert nach Europa;
bekam ´nen Job: Ich produzierte
nun Dünger für **Fleurop** da.“

Das *Chemoläan*

Sitzt irgendwo ´ne Fliege dran
und denkt: ‚Ach schön, hier bleib ich‘,
dann kommt das Tier *Chemoläan*
und sagt: „Die einverleib´ ich.“

Mit langer Zunge geht´s ruckzuck,
das dauert ´ne Sekunde.
Da staunt die Fliege; mit ´nem Schluck
verschwindet sie im Schlunde.

´s *Chemoläan* heißt *Chemoläan*,
weil chem´sche Reaktionen
die Haut der Tiere passen an
der Gegend, wo sie wohnen.

Zum Beispiel: Ein *Chemoläan*
sitzt vor ´ner blauen Wand.
Dann wird es blau und wird fortan
vom Feinde nicht erkannt.

Und wenn es hockt auf grünem Tuch
wird´s grün, und bitte sehr,
wir sind perplex und denken ‚huch,
wir sehen es nicht mehr‘.

Ich hab dann einen Trick versucht!
Mit Schottenstoff kariert!
Erst wurd´ es bleich, dann hat´s geflucht -
dann ist es explodiert.

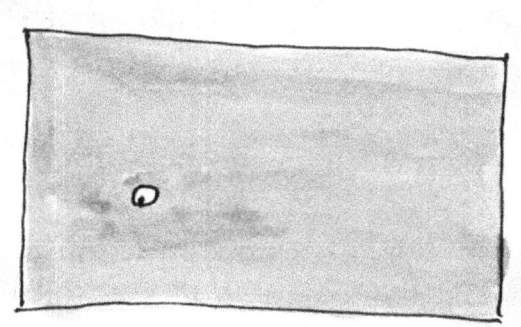

Der *Olbotras*

Auf hoher See war ich in Not,
die Winde bliesen heftig.
Die Wellen schlugen in mein Boot
und schüttelten es kräftig.

Die Böen wuchsen an zum Sturm,
der aus Nordosten wehte.
Die Wogen liefen auf zum Turm.
Das Segelboot hieß *„Käthe"*.

Da hört´ ich eine Stimme schnarr´n:
„Du musst die Segel brassen!
Sonst holst, das ist kein Seemannsgarn,
dir noch den Tod, den nassen."

Ein *Olbotras*, hoch in der Luft,
winkte zu mir herunter.
„Ob das der Kerl ist, der da ruft?",
dacht´ ich, „das wär´ ein Wunder."

In dem Moment das Ruder brach.
Das Boot begann zu sinken.
Der *Olbotras*, der meinte: „Ach,
das würd´ mir aber stinken."

Doch weil auch er betroffen war,
fiel ihm der Abschied schwer.
Ich flog, als ich ersoffen war,
als Engel hinterher.

Der *Pamu*

Der *Lewö* wohnt in Afrika,
der *Pungiun* am Pol.
Der *Pamu* in Amerika,
am Fluss das *Krikidol*.

Der *Pamu* wohnt in Feuerland,
nicht weit von Patagonien.
Doch oft sieht man ihn in den And-
en, schnuppernd an Begonien.

Der *Pamu* ist im „Wilden Westen“
gefragt als Filmstatist.
Die Szenen sind am allerbesten,
wenn er den Cowboy frisst.

Vom Sportschuh bis zum Unterhemd,
es ist wie ein *Tsinamu*.
Die ganze Welt wird überschwemmt
von *Idadis* und *Pamu*.

Der *Lapeord* liegt auf ´nem Baum,
der *Tegir* fern in Indien.
Den *Äsbier*, ach, den gibt es kaum
noch. Bald wird er verschwindien.

Verkehrte Welt

Wenn der Löwe in der Wüste
das Gnu mit „Hallo Gnu" begrüßte,
und wenn der Hai im Ozean
sagt´ zum Delfin: „Ach, sieh mal an."

Auch lädt der Grizzly allgemein
den Lachs mal so zum Essen ein.
Der Tiger geht in Abendrobe
ins Kino mit der Antilope.

Es leiht der Wolf, ganz ohne Spleen,
dem Schaf sein´´ Pelz zu Halloween.
Selbst der Hund denkt von der Katz´,
sie sei sein Augenstern und Schatz.

So wär´ die Welt ein Stück im Reinen
und friedevoll, könnte man meinen.
Doch ´s ist nicht so. Der eine frisst
den andern auf, und man vergisst,
dass alles Viehzeug auf der Welt
sich nicht an solchen Unsinn hält.

VHS-Kurs

Ein VHS-Kurs-Thema war:
Wie sag´ ich´s meiner Beute?
Wir sind doch wohl, das ist ja klar,
zivilisierte Leute.

Es fand hernach ein Wandel statt,
bei Menschen und bei Tieren.
Man endlich unterrichtet hat,
wie sanft man kann krepieren.

Die alte Praxis, donnerkeil,
die müssen wir vergessen.
Wir können nicht, wie alleweil,
erst hauen und dann fressen.

Der König aller Tiere, Leu,
sagt freundlich zur Gazelle:
„Bevor ich dich zum Spaß verbläu´,
betäube ich dich, gelle?"

Und auch der Adler ist ein König;
der Luft. Er sagt: „Du Hase,
mit der Narkose spürst du wenig,
wenn du kriegst auf die Nase."

Der Killerwal, genannt *Arco,*
der fragt die kleine Robbe:
„Willst du vielleicht eine Narko,
bevor ich dich verkloppe?"

Und selbst der Fuchs spricht zu der Gans:
„Am besten ist Vertrauen.
Leg´ ohne Furcht, entspann´ dich ganz,
den Hals in meine Klauen."

Kurzum, es herrscht ein and´rer Ton,
getragen von Respekt,
und einvernehmlich sagt man schon:
Es frisst sich, was sich neckt.

Die Futtertiere sind gerührt,
von Hase bis Gazelle.
Wenn Höflichkeit zur Regel wird,
dann stirbt sich´s leicht und schnelle.

Walgesänge
(eine Trilogie)

Wie der Blauwal entstand

Ein *Grünwal* schwamm im Meere
vor Schottland so entlang.
Er wollte, dass man höre
von seinem Walgesang.

Er träumte, dass Karriere
als Sänger und Tenor
in Bayreuth möglich wäre,
doch hörte ihn kein Ohr.

Da wurd´ der *Grünwal* sauer,
und hielt die Luft an prompt.
Er wurde immer blauer.
So kam, wie´s muss gekommt.

Ein Blauwal schwamm im Meere
vor Grönland so entlang …

(Alternativvorschlag zu Strophe drei)
Da wurd´ der *Grünwal* sauer,
hielt trotzig an die Puste.
Er wurde immer blauer.
So kam, wie´s kommen musste.

Der Opernsänger

An unsrer Oper in der Stadt,
dort sang ein Wal Othello.
Den, der die schwarze Farbe hat.
Begleitet von ´nem Cello.

Und der Erfolg war riesengroß,
doch nur von kurzer Dauer.
Die Ursache, die war famos:
Der Wal, er war ein blauer.

Die Oper nämlich pleiteging.
Finanzloch ungeheuer.
Es mit dem Wal zusammenhing:
Die Schminke war zu teuer.

Nun singt der Wal im Ozean
und jodelt seine Lieder.
Steht „Blauer Engel" im Spielplan,
seh´n wir ihn vielleicht wieder.

Abgesang

Wenn ein Blauwal ans Fressen denkt,
denkt er sofort an Kraken.
Die findet er wie ferngelenkt,
weil sie wie Enten quaken.

Hört er einmal, dass es wo quakt,
ein Krake es wohl sein muss.
Dann schwimmt er hin, ganz unverzagt.
Das ist der Gene Einfluss.

Doch leider kommt es manchmal vor,
dass er schwimmt an den Strande,
weil er getäuscht von seinem Ohr
und Enten auf dem Lande.

Dann liegt er da, das ist fatal,
weit weg vom Meer, dem nassen.
Er ahnt, dass er sich auch als Wal
auf nichts mehr kann verlassen.

Klima

Klimawandel

Der Klimawandel bringt, man ahne,
es fertig, dass nun die Banane
auf Grönland in Plantagen wächst.

Und in Norwegens kalten Fjorden
es wirklich allerorten dorten
Südseekorallen gibt demnächst.

Statt an Spitzbergens kalten Stränden
Eisbären ihre Nahrung fänden,
Schildkröten dort nun Junge kriegen.

Und dass in den Polarregionen
Touristen in Solar-Legionen
zum Baden unter Palmen liegen.

Vor unserm Haus, wo früher Rasen,
in Zukunft Antilopen grasen,
weil die Savanne Einzug hält.

Statt Blumen blühen jetzt Kakteen.
Staubige Gruben, wo einst Seen.
Im Sommer kaum noch Regen fällt.

Wo heute noch die Wiesen grünen
gibt´s morgen nur noch Wüstendünen –
in Schuhen ständig Sand.

Beim Essen knirscht´s zwischen den Zähnen;
aus roten Augen fließen Tränen;
Kehrschaufel in der Hand.

Erderwärmung

Am Nordpol war das Eis ganz dick.
´s war früher so. Jahre zurück.
Es war der ew´ge Frost.
Dagegen ist es heut´ sehr dünn
und morgen ist es ganz dahin
geschmolzen. Na denn Prost.

Die Meeresspiegel steigen an,
dass nicht zu Fuß, doch nur mit Kahn
das Haus man kann verlassen.
Die Fische, die einst fern von hier
im Meer geschwommen, finden wir
als Nachbarn in den Gassen.

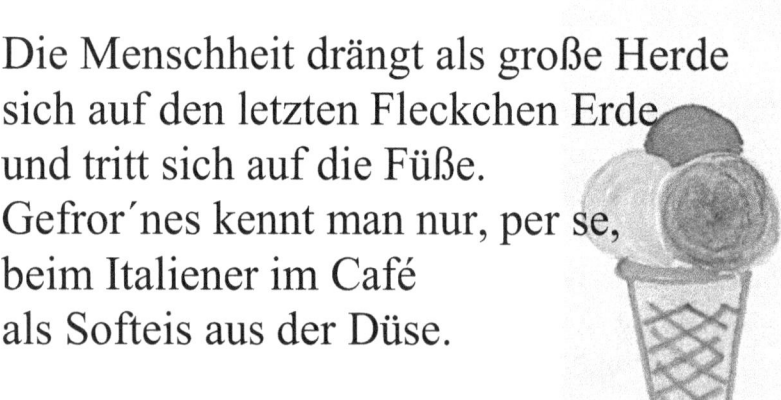

Die Menschheit drängt als große Herde
sich auf den letzten Fleckchen Erde
und tritt sich auf die Füße.
Gefror´nes kennt man nur, per se,
beim Italiener im Café
als Softeis aus der Düse.

Klimagipfel

Die Vertreter der Nationen
und aller Menschen, die hier wohnen,
haben zum Gespräch gebeten
wegen ´s Klimas des Planeten.

Sie treffen sich im großen Saale,
genauso, wie beim letzten Male.
Die Themen werden vorgestellt,
wie´s denn so aussieht auf der Welt.

Wir wollen, sagen unisono
alle, dass die Ökono-
mie endlich sich an Grenzen hält,
die leider noch nicht aufgestellt.

Wir haben, und das ist das Ziel,
die Absicht, dass wir reden viel,
und reden und beraten dann,
was man am End´ vertagen kann.

„Das Wetter ist ´ne Katastrophe!“
„Jaja genau, das ist das Doofe!“
„Extreme werden immer mehr!“
„Das kommt ja nicht von ungefähr!“

„Weil Gletscher nun und Pole schmelzen,
bau´n Häuser künftig wir auf Stelzen,
ganz besonders an den Küsten,
da Meeresspiegel steigen müssten."

„Ist es in Afrika zu trocken,
würden die Leute dort frohlocken,
wenn sie die Überschwemmung hätten
wo s´ andernorts *versaufen* täten."

„Ja schon, wir sehen alle ein –
Veränderungen müssen sein!"
„Ach, Nachbar, fang´ du bitte an
bei CO_2. Ich folge dann."

„Wer? Ich? Du zeigst mit deinem Finger
auf mich? Und bist selbst nicht geringer
beteiligt an der Weltmisere.
Pass´ auf, dass ich mich nicht beschwere!"

Es ist ein Hin und ist ein Her.
Mal viel geschimpft, mal weniger.
Es wird gedeichselt und gedreht,
bis dass die Welt zu Grunde geht.

Südpol

Betrachtet man, durch Alkohol
benebelt, einmal den Südpol,
dann könnt´ man denken, dass es glatt
dort tolle Badestrände hat.
Die Strände wären traumhaft weiß,
denn nichts ist weißer noch als Eis.
Wir lägen wahrlich ziemlich cool
den ganzen Tag im Liegestuhl
und cremten uns mit Piz Buin.
Die Drinks serviert´ ein Pinguin.
Und „on the rocks" wär´ alles hier,
vom Longdrink bis zum Polar-Bier.
Abends gäb´s Robbensteaks zu schmausen,
erlegt vom Killerwal dort draußen.
Zum Tanz spielt´ auf, aus Engeland,
die „Ernest-Shackleton-Revival-Band".
Und wer dabei geriet´ ins Schwitzen
dürft eine Nacht im Freien sitzen.
Dort säß´ man dann und wünschte sehr,
dass man doch nicht besoffen wär´.

Jahreslauf

Die Schwalbe

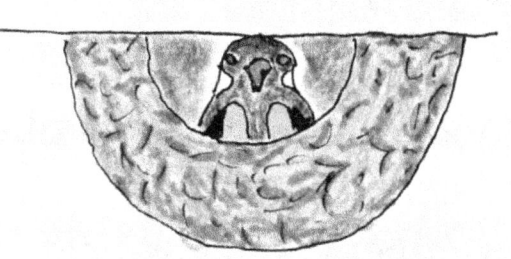

Kommt die Schwalbe nach dem Fluge,
also nach dem Vogelzuge,
von Afrika nach Haus geflattert,
stellt sie fest und ist verdattert,
dass ihr Nest ist nun besetzt.

Hat sie nicht bezahlt die Miete
über´n Winter, meine Güte?
Wohnt nun eine Meise drin.
Palaver her, Gezwitscher hin,
bleibt die Frage: Und was jetzt?

Frech piepst die Meise aus dem Bau:
„Geh´ doch zur Eule, die ist schlau.
Deren Rat, den hol´ Dir ein.
Sie hat für Schwalben obendrein
ganz moderate Preise."

Die Eule hört in aller Ruh´
dem aufgeregten Vogel zu,
und als die Schwalbe ausgeklagt,
da räuspert sie sich kurz und sagt:
„Sie haben wohl ´ne Meise."

Frankfurter Bienchen

Ich ging in *Frankfurt* voller Wonne
spazicrcn in der prallen Sonne.
Aus einem Bienenstock am *Main*
hörte ich Stimmen, leis´ und fein.

„Ich fühl´ mich heut´ ganz schlapp und krank,
´s tut weh wie auf der Folterbank.
Ich kann so überhaupt nicht fliegen
und werd´ wohl wieder Rheuma kriegen."

Die Biene bittet ihren Mann:
„Flieg´ du für mich, weil ich nicht kann,
rasch zu der Blume dort, der gelben;
die hat viel Nektar. Hol´ denselben."

„Du weißt", meint er, „dass es uns Männchen
strengstens verboten ist, mit Kännchen
Nektar zu holen. Das setzt Hiebe.
Ich tu´ es nur, weil ich dich liebe."

Die Blume sagt gleich zu der Drohne
auf Hessisch: „´s werd sesch net meh´ lohne,
graad eewe wor die Hummel do
mit ierm geschtraafte Fummel o.

Die is glaach kumme mit ´nem Eime´
unn het gedaan wie in geheime´
Missjoon. Die het alles wolle,
sogar mei´ allerledschde Polle.“

Die Drohne ahnt schon, wie zu Haus´
sein Bienchen rastet völlig aus
und ruft: „Das ist so typisch Mann,
der auch kein´ Parkplatz finden kann.“

Der Bienerich hat´s gut gemeint,
ist aber jetzt der Depp, wie´s scheint.
Ich hör´ sie schimpfen noch auf ihn,
als ich schon längst am *Römer* bin.

Das Vogelfutterhäuschen

Im Zwetschgenbaum da hängt es,
es schaukelt sacht im Wind.

Die Vögelein, sie drängt es
zum Futter hin geschwind.

Der böse Kater fängt es,
das süße Vogelkind.

Im **Apfelbaum** nun hängt es
und schaukelt immerzu.

Das dumme Vöglein drängt es
zum Futter hin im Nu.

Der blöde Kater fängt es.
Jetzt hat das Vöglein Ruh´.

Im Birnenbaum dort hängt es …

Ist Weihnacht?

Ist Weihnacht? Im Kalender steht:
Bevor das Jahr zu Ende geht
hat Weihnacht ihren Platz da.
Egal, ob´s statt zu schneien seicht,
die Temperatur dem Frühling gleicht –
´s ist leider kein Ersatz da.

Ist Weihnacht? Ja und unbedingelt.
So hör´ doch wie die Kasse klingelt.
Wir brauchen keinen Schnee.
Die Herzenswärme ist im Tausch
gewichen einem Glühweinrausch.
Was anderes ist passé.

Ist Weihnacht? Aber sicher doch.
Wir rennen und wir kaufen noch
und zahlen jeden Preis.
Am wichtigsten ist der Konsum
und alles dreht sich nur darum.
Ist das nicht der Beweis?

Ist endlich Weihnacht? Ja angeblich,
denn unser Umsatz war erheblich
und häuft sich bis zur Decke.
Während wir, reich nun an Geschenken,
erschöpft die Schritte heimwärts lenken,
blieb ´s Christkind auf der Strecke.

´s ist Weihnacht!
Draußen hab´ ich es gefunden.
Es stand im Regen schon seit Stunden,
vergessen im Abseits.
Nun seh´ ich Weihnachtssterne blinken,
mir tief ins Herz hinuntersinken.
Dann spür ich´s: Drinnen schneit´s.

Kunterbuntes

Cowboy

Der Cowboy reitet müd´ nach Haus;
im Pferch sind nun die Rinder.
Doch heimzukommen ist ein Graus,
denn er hat Weib und Kinder.

Viel lieber wär´ er ganz allein
dort draußen auf der Weide,
bei seinen Küh´n im Mondenschein:
Nur er, sein Pferd, sie beide.

Oder beim Whiskey an der Bar,
und im Saloon singt *Lola*.
Das Pferd bleibt draußen, das ist klar;
es trinkt mit Röhrchen *Cola*.

Doch nein, er muss zur Frau hinein;
statt Liedern gibt´s Kartoffeln.
Vier Kinder hängen ihm ans Bein,
und eins bringt ihm Pantoffeln.

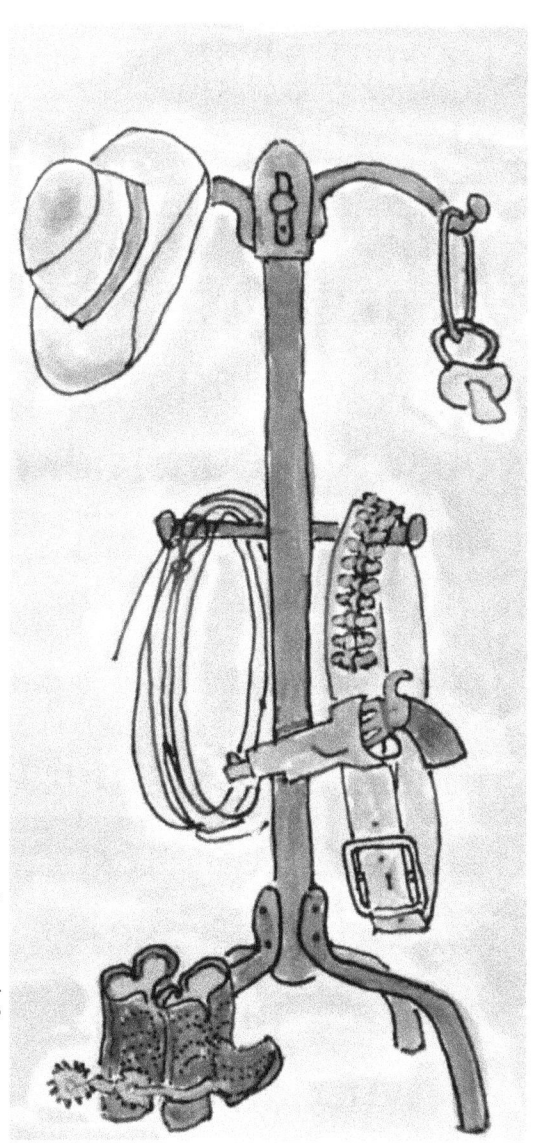

Mit dem Revolverkult ist´s Essig.
Um die Romantik ist´s uns bang.
Kein Cowboy reitet abends lässig
mehr in den Sonnenuntergang.

Nur einer noch hält hoch die Fahne.
Bildschön sitzt er auf seinem Gaul.
Doch wird Reklame aus dem Manne
mit einer *Marlboro* im Maul.

Tomaten

Ursprünglich waren die Tomoten
beheimatet auf den Lofoten.
Doch die Tomoten waren nicht
darauf erpicht,
ihr Leben lang an kalten Küsten
nebst dürren Stockfischen zu fristen.
Drum blieben sie alsbald, wie´s schien,
grün.

Sie zogen weg nach Lanzarote
und nannten sich fortan Tamote.
Doch diese Insel war zu heiß,
wie man ja weiß.
Sie wurden zwar ganz typisch rot,
doch nur vor Hitze in der Not,
und blieben im Vulkangestein
klein.

Ein Seemann sah die desolate
Frucht, und nannte sie Tomate.
Er nahm sie mit auf seinem Kahn
nach Hamburg auf die Reeperbahn,
da sieh mal an,
wo er sie einer Dame zeigte
die zum Sex-Gewerbe neigte.
Die nahm sie in den Mund, und flott
wurd´ die Tomate groß und
rot.

Dritte Strophe für Kinder.

Ein Seemann sah die desolate
Frucht, und nannte sie Tomate.
Er nahm sie mit zu sich nach Haus,
nach Hamburg. Und in Saus und Braus,
ei der Daus,
begann die Frucht ein neues Leben.
War sie gar klein und grün noch eben,
wuchs wie der Teufel sie, und flott,
wurd´ die Tomate groß und
rot.

Der Stierkampf

Der *Motodar* stelzt arrogant
hinein in die Arena,
verbeugt sich tief und hebt die Hand.
Er stammt aus Cartagena.

Sein Haar, das hat er aufgemotzt
mit reichlich Brillantine.
Verächtlich in den Sand er rotzt,
hochnäsig seine Miene.

Er zieht den Degen, geht zwei Schritte -
er tanzt Flamenco, ach –
Das Volk wirft Blumen in die Mitte.
Die Damen werden schwach.

Tärä tära, Fanfarenstoß!
So fängt es immer an.
Tära tära, der Stier ist los!
Nun rette sich, wer kann.

Der Kampf beginnt, der Stier, er senkt
die Hörner ab zum Stoße.
Der *Motodar* ist abgelenkt,
bückt sich nach einer Rose.

Das Tier in seinem Ungestüm
stürmt hin zum *Motodar*.
Es weiß, das ist der im Kostüm
und dem geleckten Haar.

„Ich renn´ ihn um, ich spieß´ ihn auf,
ich werf´ ihn in die Luft,
und landet er, setz´ ich mich drauf,
bis er um Gnade ruft.“

Der *Motodar* fliegt ziemlich weit,
so hart war die Attacke.
Er liegt im Staub, ´ne Dame schreit:
„Ich küss´ dich auf die Backe.“

Der Kampf ist aus. Der Stier verneigt sich.
Das Volk kreischt wie besessen.
Auch so ein *Motodar* vergeigt sich.
(Heut´ gibt es ihn zu essen.)

Noch mehr Seltsame Tiere

Wie das Mammut verschwand

Einst lebte in der Gegend hier
das riesengroße Mammut.
Hauptsächlich war´s bekannt dafür,
dass es Stoßzähne kramm hut.

      Ach nein, so passt das nicht zusammen,
      das versteht ja kein Mensch.
      Also nochmal …

Einst lebte in der Gegend hier
das riesengroße *Mummat*.
Hauptsächlich war´s bekannt dafür,
dass es Stoßzähne krumm hat.

      Na, geht doch!

Das *Mummat* war deshalb so groß
und schwer, man hat´s gewogen,
damit man nicht danebenschoss
damals, mit Pfeil und Bogen.

Da sprach einmal ein Spatz: „Piep, piep“,
zu einem dieser Riesen:
„Ich hab´ geheim ´nen tollen Tipp
wie´s aufhört mit dem Schießen.“

Da lauscht das *Mummat* ganz gespannt
und geht ihm auf den Leim.
Was er gesagt, ist unbekannt,
sonst wär´s ja nicht geheim.

Seither da sieht man es nicht mehr
sich in der Gegend tummeln.
Vermutet wird, dass es sich sehr
verwandelt hat: in Hummeln.

In stillen Nächten höre ich
ein seltsam traurig Tröten,
wenn tausend Hummelrüssel sich
den Schmerz vom Herz trompeten.

Der *Kilobro*

Der *Kilobro* sagt gar nicht faul
am Fluss zum *Krikidol*.
„Ich putz´ dir Zähne und das Maul
blitzblank mit Alkohol.

Sperr´ einfach angelweit die Gosch
auf, dass ich richtig rankomm´.
Nun mach´ schon hinne, sei kein Frosch,
sei mir zuliebe lammfromm.

Zu meinem Schutz steht hier bereit
mein Assistent *Prolope*.
Denn frisst du mich, macht er dich breit.
Versuch´s nicht mal zur Probe.“

Und der *Prolope* meint dazu:
„Ich kämpfe auf Japanisch,
mit Judo und auch Jiu-Jitsu.
Werd´ also nur nicht panisch.“

Das *Krikidol* denkt ganz gerührt:
„Das sind zwei feine Häppchen.
Den Vogel fresse ich püriert,
den Assistent mit Stäbchen.

Den Alkohol, den trink´ ich dann
danach als Tranquilizer.
Auch ein Gourmet braucht dann und wann
´nen Schnaps als Magenreißer.“

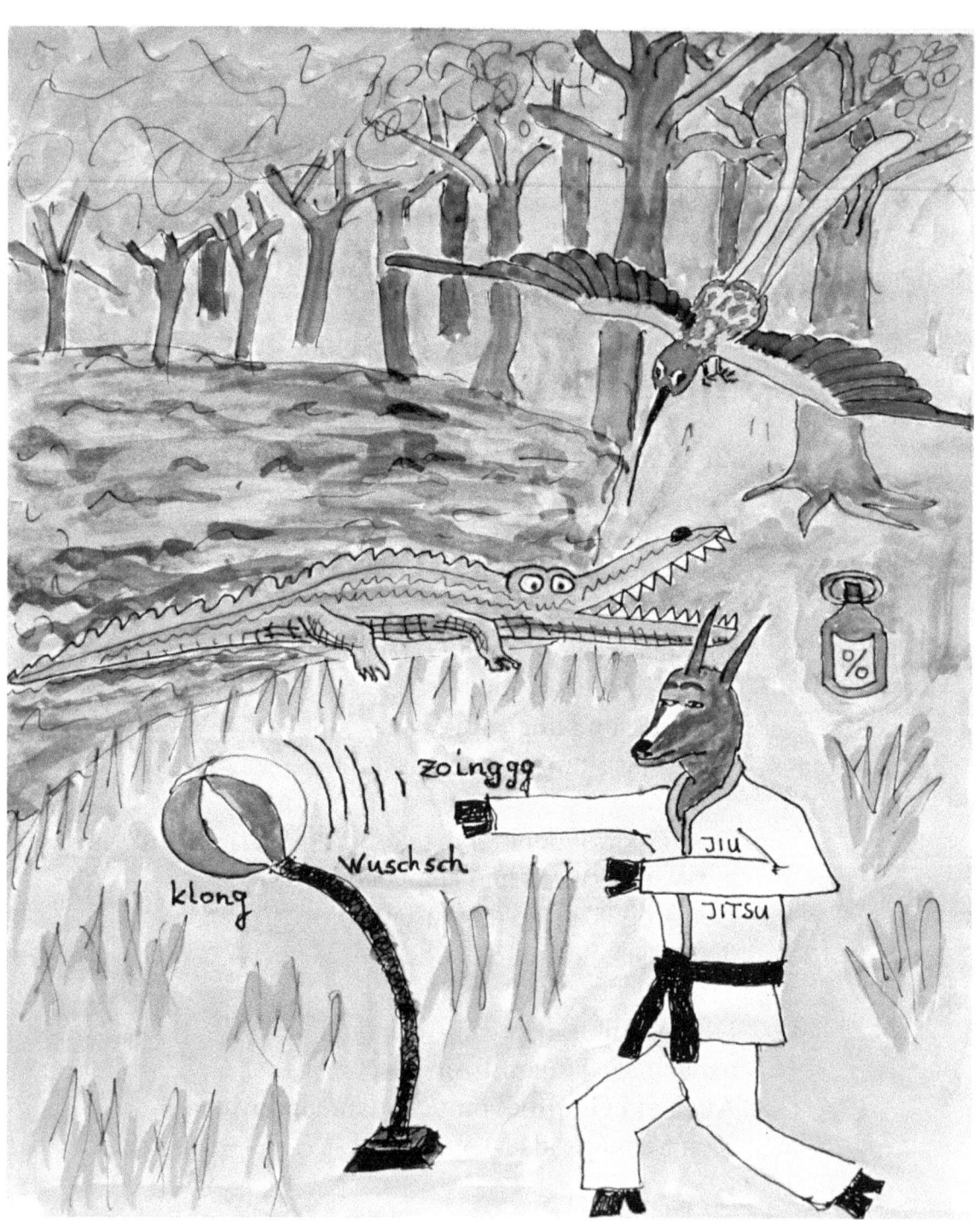

Das *Zabre* und die Modetrends in der Savanne.

In der Savanne steht das *Zabre*
im Schatten unter einem *arbre*.
(Auf Deutsch steht´s eher unterm Baum.)
Es ist gestreift, man sieht es kaum.

Da kommt ein *Beffül* angetrottet.
Er sieht das *Zabre* und er spottet:
„Was stehst du unter diesem *arbre*?"
(Er kann kein Deutsch, der *Kandelabre,*
womit ein Armleuchter gemeint,
was er zu sein gewesen scheint.)
„Streifen", verlacht er voller Spott,
„sind in der Mode letzter Schrott.
Man trägt jetzt *uni* oder *noir*,
genau wie ich mein kurzes Haar."

Hoch im Geäst sitzt unterdessen
der *Lapeord* und denkt ans Fressen.
Der *Beffül* käm´ ihm grade recht,
vom *Zabre* wird ihm immer schlecht,
denn Streifen kann er nicht vertragen
in seinem hochsensiblen Magen.

„Aus diesem *Befüll*, wenn er tot,
koch´ ich ein leck´res *Boeuf à la mode*.
Obwohl, für meine Zahnprothese
wär´ besser *Beffül-Bolognese*.“
Gesagt, getan. Der *Lapeord*
schnappt sich den *Beffül*, schleift ihn fort.

Das *Zabre* unter seinem *arbre*
denkt sich: „Das war ja sehr *makabre*.
Man überlebt nur, wie ihr seht,
wenn man *nicht* mit der Mode geht.“

Kemal und *Dramoder*

Frau Beduin sagt zum Gemahl:
„Wir brauchen etwas Salz.
Drum rüste dich und das *Kemal*
und mach´ dich auf die Walz.“

Er stöhnt: „Ach, nicht schon wieder ich,
das geht mir auf den Geist.
Du weißt, ich find es widerlich.
Das *Kemal* bockt und beißt.

Weißt du auch, wo das Salz herkommt?
Vom Westen der Sahara.
Und wir sind hier im Osten prompt.
War dir das vorher klar, ja?

Zehn Wochen brauch´ ich hin und her
mit unserem *Kemal*.
Hätt´ ich nur Nachbars *Dramoder*
wär´n´s weniger an der Zahl.“

„Hast du geseh´n des Nachbars Nase?
Gebrochen! Dieser Schelm
ist viel zu schnell in die Oase
geritten, ohne Helm.

Ist´s *Dramoder* auch doppelt schnell,
trägt´s nur die Hälfte dir.
Im Kopf bist du ja nicht so hell.
Nimm´ das Familientier!!!“

Der Gatte denkt: Du meiner Seel´,
wieso versteht mich die nie?
Ich nehm das Geld von meinem Öl
und kauf˝ ´nen Lamborghini.

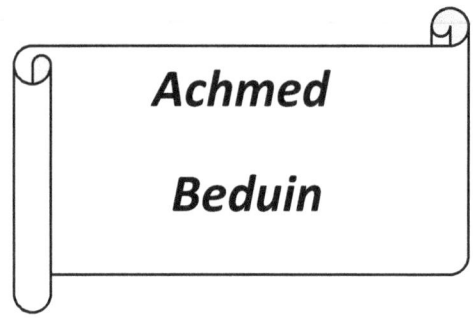

Achmed

Beduin

Zehn Wochen später ist er tot.

Es hat an Salz gemangelt.

Frau Beduin hat in der Not

den Nachbarn sich geangelt.

Eine *Gariffe*

Eine *Gariffe* lehnt am Stamm
´nes Baums in der Savanne.
Ihr rast der Puls, ihr schwillt der Kamm.
Es scheint, sie hat ´ne Panne.

Sie sagt, seit Tagen geht´s ihr schlecht,
hat Schwindel im Gehirne.
Wenn sie zu Boden schauen möcht,
dann dreht sich´s in der Birne.

Heut´ Nachmittag hat sie ´n Termin
beim Tierarzt mit der Leiter,
und langsam torkelt sie dahin.
Um viere ´rum hat Zeit er.

Die Diagnose ist famos
und leider sehr fatal.
Die *Langhals* trägt ein ähnlich´ Los
wie ´n wasserscheuer Wal.

Die Höhenangst? Akrophobie?
Ist das des Tieres Ende?
Der Doktor wär´ nicht das Genie,
hätt´ er zwei linke Hände.

Dem Walfisch zog er kurzerhand
´ne Badehose an.
Um den *Gariffenhals* galant,
baut er ´n Geländer dran.

Nun reckt sie ihren langen Hals,
als trüge sie ´ne Krone.
´s ist besser „mit Geländer" als
mit Schwindel „oben ohne".

Die Wächter von *Alderode*

Die „Grüne Hölle" *Omozanos:*
´S ist schwül und feucht, kein Lüftchen bläst.
Ein Forscher forscht, ein bisschen planlos.
Ein *Jugaur* döst im Geäst.

Der Forscher sucht nach *Alderode,*
der sagenhaften Goldstadt hier,
und wer nicht grade kommt zu Tode,
der wird verrückt vor lauter Gier.

Der Abend glüht, die Hitze flimmert.
Ein Vogel schwirrt von Ast zu Ast.
Geheimnisvoll im Zwielicht schimmert
die *Onokando* im Morast.

Doch da! Wähnt er nicht ein Gemäuer
hinter den Bäumen dort am Fluss?
Liegt dort das Gold, das ihm so teuer
und das er sich nur holen muss?

Das muss es sein, das *Alderode.*
Kühn springt er in den Fluss hinein.
Der *Jugaur* leckt sich die Pfote;
heut´ hat er frei und greift nicht ein.

Der Mann sieht, kaum dem Nass entkommen,
´ne *Irchedoo* am Ufer steh´n.
Die *Onokando* kommt geschwommen –
der Forscher ward nie mehr geseh´n.

Am *Omozanos,* nächster Tag:
Es naht eine Expedition,
die frische Forscher bringen mag
für *Jugaur.* **Er wartet schon.**

Zi 1

Im tiefen Dschungel von *Agundu*
brüllt ein *Garillo* fürchterlich.
Ein andrer Aff´ sagt: „Mensch, mach ´s Maul zu,
man muss sich schämen ja für dich."

Das regt ihn noch mehr auf, den Dicken,
er trommelt heftig auf den Wanst.
„Ich bin ein Star, ein Silberrücken!"
Da kannste Angst krieg´n, echt, das kannst.

Es rast die ganze Affengruppe,
und erst der Alte, der heißt *Zi*.
Die Anstandsregeln sind ihm schnuppe,
und Feinde? Er verachtet sie.

Dass es Primatenforscher waren,
ist wissenschaftlich festgestellt.
Sie merkten es an *Zis* Gebaren,
dass er Bananen anders hält.

Er hält sie so, als würd´ er rauchen,
mit Zeige- Mittelfinger schön,
und nuckelt dran, als tät´ er schmauchen,
das ist recht graziös anzusehen.

Dem Forscher hat das imponiert,
die Haltung, fand er, sehr galant,
und hat sie schließlich importiert,
weil sie bis dahin unbekannt.

Drum: Wenn heut´ einer hier, paff, paff,
den Glimmstängel hält auch so,
und wird gefragt: „Ist das vom Aff´?",
dann sagt er: „*Zi Garillo*".

Zi 2

Der *Zi*, der hat auch andere Seiten,
ist nicht nur ein Krawallo.
Die Forscher heimlich ihn begleiten,
verkleidet als *Girallo*.

Es strebt die ganze Affenhorde
zunächst in eine Richtung,
bis hin zu einer grünen Pforte,
die öffnet sich zur Lichtung.

Dort nehmen alle Affen Platz,
mit konzentrierter Miene.
Dann springt der *Zi* mit einem Satz
ganz vorne auf ´ne Bühne.

Wie im Theater sieht das aus,
da zieht´s dir aus die Schuhe.
Zum ersten Mal ertönt Applaus,
doch *Zi* bittet um Ruhe.

Er räuspert sich, dann rezitiert
Gedichte er von Schiller.
Die Forscher schauen irritiert –
das Publikum wird stiller.

Nun hebt er an wie ein Tenor,
singt Arien aus Aida,
auch von Strawinsky, dem Igor,
ja, sowas war noch nie da.

Dann hört er auf, er freundlich lacht.
Das Publikum in Rage,
wirft, was sie alle mitgebracht,
Bananen hin als Gage.

Die Forscher glauben's kaum so recht,
und kalt lässt das hier keinen.
Affentheater gibt es echt!
Vor Rührung alle weinen.

Das *Ungchen*

Ganz in der Mitte der Savanne,
dort steht ein einsam´ *Ung.*
Es hat verlor´n die Karawane.
Ohje, es ist noch jung.

Es schaut nach links, es schaut nach rechts,
dann schaut es grade aus.
Im hohen Gras der *Lewö:* „Lechz,
dem mach ich den Garaus.“

Heut´ Morgen hat das kleine *Ung*
gespielt noch bei der Herde,
dort, wo nicht war mit lauter Dung
bedeckt die ganze Erde.

Es schaut nach rechts und dann nach links
und dann schaut es zurück.
Der *Lewö* denkt: „Wenn ich umbring´s,
dann fress´ ich es am Stück.

Die Mutter *Ung* kommt angerannt
in allerletzter Not.
Des Raubtiers Arg hat sie erkannt,
sonst wär´ das *Ungchen* tot.

„Zehntausend *Ungs* suchen nach dir!
Dein Papa ist entrüstet.
Zudem hat´s böse Tiere hier,
die es nach dir gelüstet.

Den *Lewön* hab´ in seiner Gier
ich eben noch enttarnt,
und willst du nicht nach Haus mit mir,
dann hab´ ich dich gewarnt.“

„Ach Mama“, mault das junge *Ung,*
„du schnüffelst hinterher.
Für meine Selbstverwirklichung
ist´s damit nicht weit her.“

Die beiden *Ungs*, Mutter und Kind,
sie traben dann davon.
Dem *Lewön* raucht´s in seinem Grind:
„Das stinkt mir langsam schon.“

Die *Ungs*

Die *Ungs*, sie zieh´n zu tausenden
von einem Ort zum andern.
Sie tun es ohne Pausen, denn
sie sind gebor´n zum Wandern.

Das Wandern liegt ihnen im Blut –
es ist ein inn´rer Zwang.
Sie suchen Futter in der Glut
der Steppe; wochenlang.

Frühmorgens steh´n sie zeitig auf –
Familie, Kind und Kegel.
Sie bleiben übern Tageslauf
zusammen in der Regel.

Gibt´s mal ´nen Stau, dann ruft es gleich:
„Was ist denn los da vorne?"
Oft heißt es dann: „Es hat der Scheich
´nen *Lewön* auf dem Horne."

Ja, Scheich, so nennt sich hier der Boss.
Er sagt, wo´s immer langgeht,
und ihm folgt dann der ganze Tross,
wohin ihm grad der Drang steht.

Am breiten Fluss, dort staut sich´s auch.
Dort sind die Krokodile.
Sie haben einen leeren Bauch,
und *Ungs* kommen jetzt viele.

Der Scheich am Ufer dreht sich um:
„Wer opfert sich zum Fraße?"
Da schauen alle andern dumm
und rümpfen ihre Nase.

„Geh selber vor", schallt es im Chor,
„du kriegst auch einen Orden."
Nun kratzt der Scheich sich hinterm Ohr:
„Wär´ ich nie Scheich geworden."

Todesverachtend schreitet er
hinein nun in die Fluten.
Zyniker blöken hinterher:
„´nen Appetit, ´nen guten."

Der Scheich hat Glück. Die Krokodile,
sie können gar nicht beißen,
weil sie seit neustem, wissen viele,
jetzt *Krikidole* heißen.

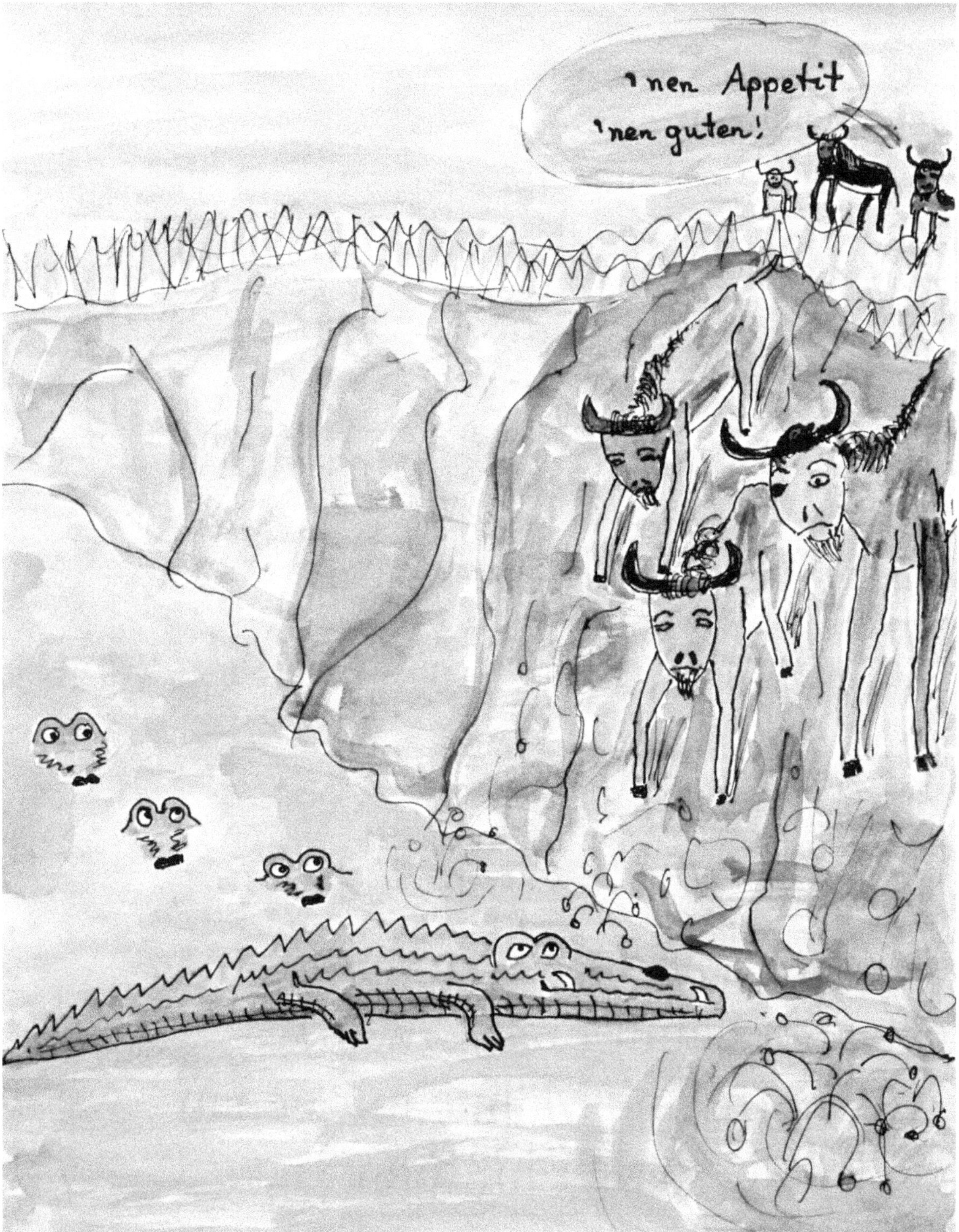
'nen Appetit
'nen guten!

Liebesdrama in
der Serengeti.

(Frau Liwön vermutet, dass Herr Lewö
 ein außereheliches Verhältnis
mit einer Gnudame pflegt.)

Es spricht der Lewö zu der Frau:
(er meint damit Frau Liwön)
„Kämm´ meine Mähne mir genau
wie ich sie vorher hinföhn.“

Da sagt die Liwön zu dem Mann:
„Ja glaubst du, dass ich blöd bin?
Ich kämm´ und striegle dich und dann
gehst du zu dieser Gnu hin?"

Da denkt der Lewö schamesrot:
„Ach, meine Frau, sie weiß es.
Jetzt geh´ ich hin aus lauter Not
zu meinem Gnu und beiß´ es."

Die Gnu erkennt von weitem schon
die Arglist an der Nase
des Lewön. Stutzt, und rennt davon.
Da sagt er: „Tschüss, mein Hase."

Heimat

Mimi

Als *Paule,* unser Kater, drei Jahre alt geworden war, beschlossen wir, ihm einen neuen Spielkameraden zu schenken. Sein früherer Kumpan, *Leo*, war zwei Monate zuvor bei der nächtlichen Jagd nach einer Fledermaus auf dem Balkon im fünften Stock unserer Wohnung (er dachte wohl, er hätte auch Flügel) in den Tod gesprungen. Ich krieg´ heut´ noch eine Gänsehaut, wenn ich an das Drama zurückdenke.

Wir dachten an ein Kätzchen, also kein Katerchen, weil wir einer natürlichen Rivalität zwischen zwei Katern vorbeugen wollten, und weil wir der Meinung waren, dass weibliche Tiere vom Gemüt oder Charakter her doch etwas ruhiger veranlagt seien als männliche.

Wir gingen also auf die Suche und wurden im Internet fündig. Im tiefsten Schweizer Jura, auf einem Bauernhof, war aus einem Wurf ein süßes schwarzes Kätzchen zu bekommen, wenn man es nur selbst abholte und hundert Franken dafür bezahlte. Man konnte sich das Kätzchen auf einem Foto im Internet (sowas von praktisch) ansehen, und wir entschlossen spontan, dass wir just dieses kleine Kätzchen haben wollten. Wir tauften es im Voraus *Mimi.*

Als wir auf dem Bauernhof im Jura angekommen waren, führte uns die Bäuerin in ein Zimmer ihres Hauses, wo sie die jungen Kätzchen untergebracht hatte. Deren fünf wuselten auf dem Boden herum, und nur eines davon war pechschwarz: unsere *Mimi*. Alle waren sie so niedlich und am liebsten hätten wir die ganze Bande mitgenommen, aber sie waren sämtlich schon anderen Leuten versprochen. Wir herzten und knuddelten unsere *Mimi,* sie war kaum größer als meine Faust, und fuhren mit der Errungenschaft nach Hause.

Gespannt warteten wir, wie sich *Paule* verhalten würde. Doch *Mimi,* nicht faul, warf sich unerschrocken vor *Paules* Füße, sodass dem nichts anderes übrig blieb, als das schwarze Wollknäuel erst zu beschnuppern und dann ausgiebig zu lecken. Fortan folgte die Kleine unserem großen Kater wie ein Schatten. *Mimi* hatte Onkel *Paule* im Sturm erobert.

Unweigerlich kam die Zeit, dass der erste Tierarztbesuch fällig wurde. *Mimi* hatte das Alter erreicht, in dem sie kräftig genug für erste Schutzimpfungen war und wir mit unserer Tierärztin über *Mimis* Sterilisierung sprechen konnten. Die Tierärztin war Französin aus dem nahen Elsass, und sie sprach ein lustiges Gemisch aus Französisch und Deutsch.

Das schwarze Bündel *Mimi* verlor sich beinahe auf dem riesigen Untersuchungstisch. Sie war immer noch ziemlich klein, aber tapfer. Zuerst wurde sie der Länge nach gemessen und dann gewogen. Gerade dass sie mehr wog als ein halbes Pfund Butter. Dann drehte die Tierärztin *Mimi* auf den Rücken, sagte „oh", und dann sagte sie „ohlala", und lächelte.

„La petite chatte", schmunzelte sie und lächelte ausgenommen freundlich weiter, „ist nischt une elle, comme vous pensez."

„Wie? Was? Nicht eine Ell?", fragten wir bedröppelt.

„Es ist nischt eine Fräulein", antwortete sie und stellte das Kätzchen wieder auf die Beine. „Parce que es ist un lui."

„Ein Lui? Ein Er?"

„Oui, bien sûr."

So wurde aus einem Weibchen ein Männchen, und so kam unser Kater zu seinem Namen, nämlich *Lui*, und es ist mittlerweile ein richtig jurassisches Mannsbild par excellence aus ihm geworden.

Karacho

Als ich ein Kind war, wurde das Wort Karacho, das für *große Geschwindigkeit* und *mit Tempo* steht, noch recht häufig verwendet. Lange Zeit, genau genommen bis vorgestern, war ich der Meinung, es wäre russischen Ursprungs und Opa hätte es als sprachliches Souvenir aus der Kriegsgefangenschaft in Russland nach dem Ersten Weltkrieg mitgebracht. Dass dem nicht so sein konnte, musste ich also vor zwei Tagen im Duden nachlesen, denn dort steht als Wortherkunft Spanien.

Zu unseren Haushalten, dem meiner Eltern im ersten Stock und dem der Großeltern im Hochparterre unseres Hauses, gehörte in den fünfziger und sechziger Jahren des vergangenen Jahrhunderts immer eine Katze. Gut erinnern kann ich mich zum Beispiel an *Molly*, die von Mutters Vater als kleines Kätzchen in einem Spankorb und einem daran befestigten Luftballon auf dem Fahrradgepäckträger von Muggensturm nach Waldulm gefahren wurde, eine Strecke von ungefähr vierzig Kilometern. *Molly* war eine Langhaarkatze von imposanter Größe. Während ihrer Regentschaft in Haus und Garten hat kein Hund sich je getraut, unser Grundstück zu betreten. Dann sehe ich vor meinen geistigen Augen auch den Kater *Schneeflocke*, der, ohne ein Albino zu sein, bis auf seinen graugefärbten Schwanz ein schneeweißes Fell hatte; allerdings nur bis zu seiner Expedition durch ein im Garten liegendes Ofenrohr. Und natürlich erinnere ich mich an *Karacho*, den kleinen Kater.

Wer ihm den Namen *Karacho* letztlich gegeben hatte, weiß heute keiner mehr, aber sicher war: Nomen est omen, in seinem Falle aber eher umgekehrt, denn er hieß, wie er war: Ständig auf Achse, immer unterwegs, immer in Eile, schnell wie der Blitz, von Statur her nur ein *Häschbele*, ein *Zwuckl*, ein *Dürrlips,* frech wie Oskar, aber ein

Springinsfeld wie er im Buche steht, und ihn wirklich einzufangen ist, soweit mir bekannt, nie jemandem gelungen. So ließ er sich auch selten streicheln und war immer auf der Hut. Vielleicht kann man ihn sich anhand der *badischen* Beschreibung bildhaft vorstellen. Sein Fell war unscheinbar braun getigert, und nur um die Nase hatte er einen weißen Fleck.

Großmutters Liebe zu Vögeln und Katzen war begrenzt. Vögel hatten nur so lange eine Daseinsberechtigung, wie sie sich in Wald und Flur aufhielten, also außerhalb ihres Gartens und abseits ihrer gepachteten Felder. Und eine Katze war nur so lange eine gute Katze, wie sie dafür sorgte, dass die Scheune mäusefrei blieb und die Pflanzbeete von Vögeln in Ruhe gelassen wurden.

Karacho gab sich alle Mühe, als guter Kater anerkannt und geduldet zu werden. Wenn da nur nicht dieses eine Pflanzbeet gewesen wäre, das zum einen Großmutters Augapfel war und zum anderen eine unwiderstehliche Anziehung auf alles Viehzeug ausübte, das sich gefiedert in die Luft erheben konnte. Lächerliche zwei Quadratmeter unscheinbarste Erde, auf die sich die Vögel mit Vorliebe stürzten und die Sämereien aus dem Boden pickten, auch wenn sie noch so perfekt bedeckt waren. Diese zwei Quadratmeter entwickelten sich zum Ärgernis der Wochen, und je öfter und länger die Plünderungen anhielten, desto ärger sah sich *Karacho* mit Großmutters Unzufriedenheit konfrontiert.

„Es muss was geschehen", dachte Großmutter, und entwickelte, da Kater *Karacho* sich als Versager entpuppte, eine eigene Vogelscheuche nach dem Prinzip **Wenig Aufwand, große Wirkung**.

Sie steckte an jede der vier Ecken des Beetes einen Holzstab, spannte diagonal zwei Schnüre darüber und hängte in der Mitte, wo sich die beiden Diagonalen kreuzten, eine aus Aluminiumfolie geformte Kugel auf, etwa faustgroß, in die sie, Vogelschwingen gleich, zwei Hühnerfedern steckte. Diese Vogelattrappe, eine Beleidigung übrigens für jeden lebendigen Vogel, baumelte nun etwa zwanzig Zentimeter über der Mitte des Beetes und schaukelte im Winde. Herrlich, Sie.

Diese Maßnahme schien endlich zu greifen. Offensichtlich verwirrte die Vogelattrappe die echten Vögel so sehr, dass das nun so geschützte Beet von ihnen gemieden wurde. Für *Karacho* wäre es, im Nachhinein betrachtet, bestimmt besser gewesen, wenn auch er von dieser Verwirrung befallen worden wäre, aber leider war dem nicht so. Im Gegenteil. Er wurde von der glitzernden Aluminiumfolie und den sich in ständiger Bewegung befindenden Hühnerfedern so magisch angezogen, dass seine labile Katerseele einfach unterliegen musste. Dieses Konstrukt von Menschenhand faszinierte ihn und lud ihn förmlich zum Spielen ein. Ein Spiel- und Bolzplatz in den idealen Ausmaßen, weich und eben, ohne harte Steine, und das Objekt der Begierde hing zudem in bequemer Höhe – Katerherz, was willst du mehr?

Jedes Spiel, das Katzen einmal beginnen, verliert früher oder später an Reiz, und es steht ihnen nach anderem Zeitvertreib der Sinn. So auch *Karacho*. Als das Spielfeld verrammelt und umgegraben, aus ansehnlichen zwei Quadratmetern Pflanzenbeet ein unansehnlicher, doppelt so großer Rübenacker ohne erkennbare Grenzen geworden war, die vier Holzstäbchen ausgerissen waren und die Aluminiumkugel zu hundert Stückchen zerfetzt im Garten verteilt lag, die Hühnerfedern zum x-ten Mal durchgekaut im nahen Zaun hingen, machte es ihm keinen Spaß mehr. Aber doch, es hatte was gehabt, gewiss, keine Frage. Nur war es irgendwann … ähem … nicht mehr so interessant, okay? Man muss das verstehen.

Das **Donnerwetter**, das Großmutter vom Stapel ließ, als sie die Bescherung in ihrem Garten, an ihrem Pflanzenbeet, an ihrem Eldorado und Heiligtum, entdeckte, erschütterte das Grundstück, auf dem unser Haus stand und die Grundstücke der Nachbarn ringsum. Allgemein befürchtete man, ein Krieg sei ausgebrochen. Und es muss unseren Kater *Karacho* sehr, sehr schwer getroffen haben, denn eine Woche später lag er tot auf der Straße vor unserem Haus, überfahren von einem Auto, das wahrscheinlich *mit viel Tempo*, also mit Karacho, gefahren kam. Ach, man mag gar nicht weiterdenken.

PS
Die meisten der Katzen, die früher in diesem Haus lebten, wurden auf der Straße von Autos überfahren. Etwa ab Ende der sechziger Jahre wurden aus diesem Grund keine Katzen, aber auch keine anderen Haustiere mehr gehalten.

Aktuell und seit Sommer 2013 leben wieder zwei Kater in unserem Haus, denen das Betreten der Straße strengstens untersagt ist.

Paule und Lui

Meine Frau Elsa und ich haben *Paule* und *Lui*, zwei Kater, vor ziemlich genau einem Jahr bei uns im Haus aufgenommen. Ich erinnere mich deswegen so genau daran, weil wir sie am Geburtstag meines Vaters mit dem Auto in Basel in der Schweiz abgeholt hatten.

Paule ist heute elf und *Lui* acht Jahre alt. Die beiden hatten bis zu jenem Zeitpunkt ausschließlich bei meiner früheren Ehefrau Waltraud im fünften Stock eines Mehrfamilienhauses gelebt und waren reine Wohnungskatzen, deren Freigang sich auf einen kleinen Balkon hoch über der Straße beschränkte. Die Miete, so erzählte uns Waltraud, wurde ihr zu hoch, weshalb sie sich nach einer günstigeren Wohnung umsah. Tatsächlich hatte sie bereits auch Zusagen erhalten, doch in allen Fällen wurde sie, sobald sie die zwei Kater als Haustiere angab, als Interessentin abgelehnt. Nun wollte sie sich schweren Herzens von *Paule* und *Lui* trennen und hatte uns gebeten, da ich die Kater noch von früher kannte, sie bei uns zu Hause aufzunehmen.

Elsa und ich wohnen in einem kleinen Einfamilienhaus mit einem ansehnlichen Garten drum herum in Waldulm in Mittelbaden. Wir bereiteten zuerst das Haus für unsere neuen Mitbewohner vor, und dann uns selbst, beziehungsweise war ich ja den Umgang mit Katzen von früher her gewohnt, aber Elsa würde absolutes Neuland betreten. Ich stellte also vier Katzentoiletten über zwei Stockwerke verteilt im Haus auf, montierte Katzenklappen in die Wohnungstüren, und Elsa besorgte Katzenfutter und Spielzeug, las in Fachliteratur von A – Z alles durch, was man über Katzen wissen musste, und machte sich auf über die ganze Wohnung verteilte Katzenhaare gefasst.

Mindestens sechs Wochen lang nach ihrem Einzug gewährten wir den Katern keinen Freigang, aus Sorge, die für sie völlig neue und ungewohnte Umgebung und Situation wären ein zu großer Schock. Zudem verläuft vor unserem Garten eine stark befahrene Straße. Dann stellten wir zunächst ein Gitter an die Haustür, durch das sie von drinnen nach draußen schauen konnten. Es wurde Ende August, Anfang September, bis sie unter unserer Aufsicht erste Schritte in den Garten unternehmen durften. Blieb ihr Bewegungsradius erst noch klein, erweiterte er sich im Laufe der Zeit, bis sie den ganzen Garten kennengelernt hatten. Für *Lui*, den Jüngeren der beiden, musste dabei stets der Fluchtweg ins Haus und in den Keller frei sein. *Paule* war mutiger und traute sich bald auch mehr zu.

Im benachbarten Haus wohnen vier Katzen. Eine davon, der kleine *Flocke*, ist ein echter Streuner. Der ist berühmt-berüchtigt in der ganzen Straße, besonders bei den Hobby-Gärtnern, in deren säuberlich geharkten Beeten und frisch gemulchten Gartenwegen er gern seine Hinterlassenschaften zu vergraben beliebt. Und weil, wenn einer der Stubentiger deswegen einen verwerflichen Ruf genießt, sowieso alle anderen Katzen ebenfalls unter Generalverdacht stehen, sind Katzen oder Kater in fremden Gärten grundsätzlich nicht gern gesehene Gäste und werden entsprechend verfolgt und vertrieben. Aber es liegt nun mal in der Natur aller Katzen, da sie Freigänger, Freischärler, Freibeuter, Jäger, Räuber und Piraten, Zigeuner und Draufgänger, Abenteurer und Haudegen alle sind, artgerecht sich zu erleichtern. Das muss man doch verstehen.

Lui, wenn er irgendwo im Garten sich aufhält, seit einiger Zeit auch unbeaufsichtigt, erscheint sofort auf Zuruf. Nie würde er sich außerhalb wagen. Die eigenen vier Zäune sind sein Revier. Zuverlässig. Ihn braucht man nicht zu suchen.

Paule hingegen hat ein Faible für Nachbars Garten. Dort steht sein Lieblingsbaum, eine hohe Tanne mit Ästen bis auf den Boden, unter und hinter denen er sich oft aufhält. In der Regel folgt er auf die Rufe nach ihm. Oder auf meinen Pfiff. Aber nicht immer. Dann kann er manchmal schon die Nerven strapazieren, besonders wenn es abends dunkel ist und man zu Bett gehen möchte (über Nacht darf er nicht draußen bleiben, da muss er ins Haus), oder zum Beispiel wenn man einen Termin hat und eigentlich schon längst mit dem Auto unterwegs sein sollte, wie neulich:

Elsa und ich hatten einen Termin. Außerhalb natürlich. Wir waren startklar, *Lui* kam auf Ruf um die Ecke gebogen und in die Wohnung. „Brav *Lui,* guter *Lui.*" Nur *Paule* fehlte noch. *„Paule! Paauulee!"* Ja was machen wir jetzt? *„Paauulee!"* Muss er halt draußen bleiben, der *Simpel.* Wir sind ja nicht lange fort. *Donnerwetter.*

Aber man ist fort und doch sorgt man sich um das *Mistvieh. „Oh warte nur, wenn du heimkommst."*

Himmel, ist das blöd, wenn man keine Ruhe hat bei seinem Termin. Mensch, wie lange dauert das denn noch! Kann der nicht schneller fahren da vorne? Jetzt hält der auch noch an. Ich glaub´ ich werd´ verrückt. Hoffentlich ist dem Kater nichts passiert. Gib´ schon endlich Gas, du Trottel. Ja, du mich auch. Na, endlich wieder zu Hause. Ach, schau´ mal wer da vor der Haustür steht. Unser *Paule.* Was hüpft er denn so ´rum? Was maunzt der denn so? Jetzt warte halt mal, bis ich den Schlüssel gefunden hab. „So *Paule,* brav *Paule.* Schön, dass du wieder da bist. Wo rennst du denn jetzt so schnell hin wie der Blitz? *Paule?"*

Paule verschwindet durch die Klappe zu seinem Katzenklo, dass die Klappe nur so scheppert.

Ja, unser Kater geht zum Kacken nach Hause. Und das erzähle ich allen Leuten, die es wissen müssen.

Hannover 1954

Im Allgemeinen ist der Begriff *Satan* negativ belegt. Satan, der Gegenspieler Gottes. *Satan*, die Verkörperung des Bösen. *Satan*, der Teufel schlechthin. Wer in unseren mittelbadischen Breitengraden eine christlich-abendländische Erziehung genossen hat, vorzugsweise vielleicht noch katholischer Ausrichtung, dem musste früher oder später der *Satan* zwangsläufig als eine Bedrohung begegnen, ob er wollte oder nicht. Man muss diesen Umstand nicht unbedingt als ein Privileg betrachten. Die Begegnungsterminierung tendierte dabei überwiegend nach früher als später, doch dafür war man sich der ständigen Präsenz des Bösen durch alle Lebensphasen gewiss. Dafür sorgten mit Sicherheit die Kirchenvertreter, die ihre Sakramente regelmäßig unter das Volk zu verteilen wussten, nach Belieben auch entzogen, und je nach Bedarf den Teufel zur Einschüchterung ihrer Schäfchen von der Kette ließen. Die Geschichte um diesen *Satan* ist also ziemlich religiös angehaucht, und es gereicht deshalb beinahe zu einem kleinen Wunder, dass gerade in den Bevölkerungsschichten, die sich am ehesten vor dem Teufel fürchten sollten, der Begriff des *Satans* eine ambivalente Bedeutung hat.

Man benutzt ihn anderweitig hauptsächlich zur Beschreibung anderer Personen, denen man zum Beispiel durch ihr unerschrockenes Auftreten oder durch eine außergewöhnliche Leistung eine gewisse Bewunderung zuteilwerden lässt. Oft fällt in diesem Zusammenhang das Wortanhängsel -braten, also: Das ist ein *Satans*braten, oder das ist ein Teufelsbraten. Andere würden vielleicht Teufelskerl oder Tausendsassa sagen, auch Schlingel oder Schlitzohr, was durchaus alles positiv gemeint ist und so auch ohne weitere Erklärungen verstanden wird. Manchmal wird er jedoch auch verwendet, um besonders schlechte Leistungen, schadhaftes oder eigennütziges Verhalten zu kommentieren. Du miserabler *Satan*, heißt es dann möglicherweise, wobei diese Titulierung dann nicht weiter steigerungsfähig ist. Sobald die Zielrichtung des Begriffes also personenbezogen ist, verliert er die religiöse Bedeutung zugunsten einer hervorgehobenen Beschreibung oder Bewertung eines Menschen. Man mag die Umkehrung der ursprünglich von der Kirche vorgesehenen Wortbedeutung und der damit verfolgten Absicht, nämlich die Gläubigen unter dem Fokus des *Satans* zu bannen, vielleicht als eine Art Protest verstehen, mit nicht unerheblicher satirischer Färbung. Dass man sich damit, ähnlich wie bei der Fassnacht, auch ganz gut selber auf den Arm nehmen kann und das Leben doch nicht ganz so bierernst zu sein braucht, macht die Mittelbadener mit ihrem *satanischen* Umgang schon wieder sympathisch.

Ein Mittelbadener spricht das Wort *Satan* aber nie so aus, wie es geschrieben steht. Im nördlichen Ortenaugebiet, wo meine Großmutter lebte, genauer gesagt in einem Seitental des Achertals, sagt man *Saddon*. Meint man eine Menschengruppe, die man als *Satane* bezeichnen möchte, dann sind es in der Mehrzahl *Saddone*. Und um solche handelt es sich in der Geschichte, die zu erleben, als sie geschah, ich damals zu klein war, die mir aber zwar nicht eidesstattlich versichert, aber dennoch glaubhaft erzählt wurde.

Der Zweite Weltkrieg war gerade zu Ende gegangen. Verloren. Großmutters ältester Sohn, der später mein Vater wurde, war als junger Soldat zwar am Bein verletzt, aber sonst gesund, nach Hause gekommen. Der jüngere Sohn hatte nicht mehr in den Krieg gemusst, und Opa war nicht mehr zur Landesverteidigung herangezogen worden.

Gottseidank wohnte man auf dem Land und konnte sich notdürftigst mit Lebensmitteln selbst versorgen, und doch litt man Hunger, denn von vornherein war alles, was es an Grundnahrungsmitteln wie Brot, Zucker, Butter, Mehl, Nudeln und so weiter gab, rationiert, und von dem Wenigen, das man hatte, bekamen zuerst die Männer der französischen Besatzungmacht.

Gleich nach Kriegsende war das Dorf von französischen Soldaten besetzt worden. Großmutter sah die fremden Männer am Waldrand einmarschieren und erschrak beinahe zu Tode, als sie *Dunkelhäutige* darunter erkannte, *Araber,* wie sie sie nannte, oder spezieller: *Marokkaner.*

Mit französischen Soldaten hätte sie wahrscheinlich weniger Probleme gehabt, aber mit dunkelhäutigen *Marokkanern*? Das waren ja keine Europäer, also keine Menschen gleichen oder zumindest ähnlichen Kulturkreises, sondern eben *Schwarze*. Das war wahrscheinlich einer der Gründe, weshalb Großmutter zeitlebens mit Franzosen nicht so recht warm werden konnte. Zu allem Übel wurde Omas Haus von französischen Soldaten in Beschlag genommen. Im ersten Stock richteten sich sechs Soldaten ein, mit Gewehren und Granaten, aber zum Glück waren keine *Marokkaner* darunter, sondern alles junge nette Kerls aus Frankreichs Stammland, während sie und ihre Familie mit dem Erdgeschoss vorlieb nehmen musste. Am meisten Sorgen machte sie sich indes um ihre beiden Buben, die über Schleichwege im Dorf unterwegs waren und Schwarzhandel betrieben mit allem, was sie auftreiben konnten. Von der Militärgendarmerie erwischte Schwarzhändler oder gestellte Leute, die gegen die Ausgangssperren verstießen, wurden nämlich gnadenlos in Arrest genommen.

Man arrangierte sich, so gut es ging, und Großmutter erlernte von den Soldaten im Haus sogar ein paar Brocken Französisch, worauf sie sehr stolz war, was sie jedoch nie zugegeben hätte. Mochten die jungen französischen Soldaten in ihrem Haus aber noch so freundlich und nett sein, den Stachel der Demütigung über den verlorenen Krieg mit dem Erzfeind Frankreich konnten sie nicht entfernen. Zu groß war die Schmach der Niederlage. Und auch die Scham wurde nicht geringer, als die Besatzung durch die französische Armee dahingehend verändert wurde, dass sich die Soldaten in Kasernen nach Achern, Baden-Baden und Rastatt zurückzogen und Oma ihr Haus wieder für sich hatte. Man hatte verloren, mit allem was verlieren bedeutet.

Nach dem Abzug der Franzosen aus dem Dorf nahm das bürgerliche Leben wieder an Fahrt auf. Nachdem 1949 die Bundesrepublik Deutschland gegründet worden war, heiratete Omas ältester Sohn noch im gleichen Jahr und zog mit seiner Frau in den ersten Stock des Hauses ein, in dem vorher die Soldaten untergebracht waren. Seit einem Jahr gab es die neue D-Mark.

Zu Beginn des Jahres 1951 wurde meine Schwester geboren.

Und natürlich wurde auch wieder Fußball in Deutschland gespielt. 1952 verlor die deutsche Nationalelf ihr erstes Nachkriegsspiel gegen Frankreich bei einem Auswärtsspiel in Colombes mit 3:1. Dieses Ergebnis muss bei Großmutter durch die Nachkriegswirren und die ständigen Veränderungen und Neuerungen irgendwie untergegangen sein, oder sie ignorierte es im Rahmen einer immer noch tiefsitzenden Beleidigung, eines allgemeinen Zorns.

Als ich geboren wurde schrieb man das Jahr 1953. Ich habe verständlicherweise keine eigene Erinnerung daran, und auch an das Jahr darauf kann ich mich schlecht erinnern, als nämlich 1954 das zweite Nationalspiel der deutschen Elf gegen die *Équipe Tricolore* in Hannover ausgetragen wurde. Das Ergebnis lautete gleich wie zwei Jahre zuvor, und wieder hieß der Gewinner Frankreich. 3:1 für *Les Bleus*. Diesmal stand das Resultat einen Tag später in der Tageszeitung, die Großmutter abonniert hatte. Ihr legendärer Kommentar zur deutschen Elf und zum Ergebnis spiegelte den ganzen Schmerz jener Epoche und der gequälten Region wieder: *„Jetz hän die Saddone de Krieg schu widder verlore."*

Was sie allerdings zu dem Ergebnis des dritten Spiels sagte, das 1958 in Göteborg im Zuge der Fußballweltmeisterschaft mit 3:6 an die Franzosen verloren wurde, entzieht sich meiner Kenntnis. Aber man kann sich's denken.

Unser Pflaumenbäumchen

Im Garten hinter unserm Haus,
dort steht ein kleines Bäumchen.
Im Frühling schlug es fleißig aus,
trug Blüten über'n Mai hinaus,
und im Spätsommer Pfläumchen.

Die Ernte war nie wirklich toll;
das war ein bisschen schade.
Es gab grad so ein Körbchen voll
für einen Pflaumenkuchen wohl
und ein Glas Marmelade.

Dann zog ein Sturm her über's Land,
zerriss des Bäumleins Rinde.
Bald nahmen Flechten überhand,
und mit dem Saft die Kraft entschwand –
es ächzt beim kleinsten Winde.

Die Äste blieben fortan kahl.
Die Amsel sang die Weise
von Schmerz und Wehmut und der Qual
und von der Leiden großer Zahl.
Ja, so ein Baum stirbt leise.

Nun schien das Bäumchen völlig hin –
ein totes Holzgerippe.
Ameisen wohnten bald darin,
auch die Marienkäferin
mit ihrer ganzen Sippe.

Ein Nachbar meinte, weil er sei
ein Spezialist für Gärten:
„Mit deinem Baum ist es vorbei!
Du kannst nur noch, schlag ihn entzwei,
als Brennholz ihn verwerten."

Doch heute Morgen um halb acht –
mein Herz vor Freude bebt –
da hat ein Zweiglein über Nacht
ein zartes Grün hervorgebracht.
Hurra, das Bäumchen lebt!

Geburtstag in Hinterzarten (1963).

Ich verbrachte meine Sommerferien auf dem Bauernhof meiner Großtante Engeline und meines Großonkels Otto in Hinterzarten, und es war mein zehnter Geburtstag.

Nachdem ich an jenem Morgen aufgestanden war und mich gewaschen hatte, ging ich mit einer Mischung aus Gefühlen, bestehend aus klamm-heimlicher Hoffnung und nervöser Unsicherheit, in die Küche. Hoffnung, weil ich mir wünschte, dass mir besondere Beachtung geschenkt würde; Unsicherheit, weil ich sehr schüchtern war und überhaupt nicht gern im Mittelpunkt stand.

Mein erster Blick ging zu dem Platz am Tisch, wo ich gewöhnlich saß, und sah – nichts. Keinen Kuchen, keine Kerze, kein Geschenkpapier. Nichts. Ich verspürte einen kleinen Stich der Enttäuschung. Dass zudem der Duft der gleichen Suppe wie gestern durch die Küche zog, verhieß auch nichts Neues.

Nach und nach füllte sich die Küche mit Leuten, die zum Frühstück kamen, und ich suchte in ihren Augen nach einem Zeichen des Wissens darüber, dass ich Geburtstag hatte. Es hätte ja sein können, oder? Doch sie setzten sich nur hungrig um den großen Suppentopf, der mitten auf dem Tisch stand.

„Ich hab Geburtstag", wollte ich rufen, aber mein Mund blieb geschlossen. Es war mir sowieso lieber so. Wie gesagt, ich wäre nur verlegen geworden, und das wollte ich ja nicht.

Oder doch?

Onkel Otto hielt den Kopf gesenkt, als er als letzter an den Tisch trat, um das Dankgebet zu sprechen. Aber nicht etwa, weil er besonders fromm war, sondern weil es ihm die niedrige, rauchgeschwärzte Küchendecke nicht erlaubte, erhobenen Hauptes zu stehen.

„Der Herr gibt, der Herr nimmt", sprach er und legte, bevor er weiterfuhr, eine Kunstpause ein, die Tante Engeline, seine Frau, aufhorchen ließ.

„... und Herr, segne diese Suppe, die du uns nun schon zum siebten Mal bescheret hast. Amen."

Dann setzte er sich, tätschelte den Arm seiner Frau, zwinkerte sie keck an und wünschte allen „en Guete mitenand".

Tante Engeline murmelte etwas vor sich hin und lächelte still in sich hinein, aber im allgemeinen Suppenschöpfen, im Geklapper der Teller und Löffel und im Geschwätz der anderen ging das unter. Sie wusste, dass sie ihren Ehemann, der manchmal ein bisschen ein Schlitzohr war, irgendwann mit „seiner Suppe" erwischen würde. Sie wirkte fast ein wenig vergnügt bei dem Gedanken.

Ich liebte meine Tante. Obwohl sie als Bauersfrau immer viel zu arbeiten hatte, war sie stets gut gelaunt. Ihr Lieblingsspruch und ihr Motto lauteten: „D´ Hauptsach isch, dass d´ Hauptsach d´ Hauptsach isch."

Die ersten Arbeiten im Stall waren erledigt. Man stärkte sich für das weitere Tagwerk.

Nicht immer waren so viele Leute auf dem Bauernhof wie an jenem Tag, aber das Heu musste eingefahren werden, und darum waren alle da, die helfen konnten, helfen mussten. Vor drei Tagen hatte Hermann, der älteste Sohn von Otto und Engeline, mit der Sense die große Wiese hinter dem Hof gemäht, von früh bis spät, und die beiden Tage darauf hatten die Frauen und Kinder bei glühender Sommerhitze mit Heugabeln das Gras gewendet, damit es trocknen konnte.

Oskar, zweitältester Sohn, der selbst zum Essen an seiner Pfeife herum biss, meinte, dass man warten müsse, bis der Tau verdunstet sei. Beez, dritter Sohn, der eigentlich Berthold hieß, sollte „Fritz", den Ochsen führen. Übrigens befürchtete er ein Gewitter.

Inge war da, für die ich so schwärmte, vielleicht weil sie genauso aussah wie meine Erstklass-Lehrerin. Als gerade zehnjähriger Junge weiß man allerdings nicht immer so genau, warum man was tut. Zudem war Inge aber leider auch mit Beez verheiratet.

Dann waren da noch Bärbel, älteste Tochter, mit ihrem Mann, der auch Hermann hieß, und der kopfschüttelnd und schweigsam und fremd vor seinem Teller saß, gequält von Weltschmerz. Thomas, Engelines jüngster Sohn und nur vier Jahre älter als ich, der mir sämtliche Verstecke im Hof zu zeigen versprochen hatte und der, falls man ihn suchte, doch nie zu finden war. Und zu guter Letzt Vreni, Bärbels und Hermanns Tochter, ein flausenhaariges Irrwischmädel von sechs Jahren, und Stephan, ihr kleiner eineinhalb Jahre alter Bruder.

Gleich nach der Suppe brachen wir zu der Wiese auf. Beez schirrte „Fritz" den Ochsen an den Heuwagen und folgte kurz darauf. Die Frauen und wir Kinder rechten das trockene Gras zu langen Reihen zusammen. Die Männer spießten das Heu auf ihre Gabeln und beluden den Wagen, auf dem Thomas herumturnte und die Heuhaufen so verteilte, dass sie nicht wieder herunterfielen.

Neben der Wiese floss ein kleiner Bach und jenseits davon grasten ein paar Kühe. Vreni, die am Bach spielte, kam plötzlich zu mir gerannt, zog mich an der Hand zur Weide hinüber und zeigte auf eine Kuh. Hinten aus der Kuh, unterm Schwanz, ragte etwas heraus, von dem ich nicht wusste, was es war, Weil Hermann gerade in der Nähe war, winkte ich ihn her und deutete auf die Kuh. Der ließ augenblicklich seine Heugabel fallen, sprang über Weidezaun und Bach zur Kuh hin, schaute nach, drehte sich dann um und rief gellend über die Wiese: „Die Leni kommt".

Und schon war er wie der Blitz unterwegs zum Hof und kam wenige Minuten später mit einem Strick, einem Spaten, einer Blechdose mit irgendeiner Salbe und einer Aluminiumschüssel in den Händen zurückgehastet. Der Strick war dunkelblau und hatte an einem Ende einen Holzgriff. Wie ich später erfuhr, nannte man derartige Stricke auf dem Bauernhof einen „Kälberstrick". Für was er die anderen Dinge notwendig brauchte, habe ich nie erfahren und ich hatte mich auch nie getraut danach zu fragen.

Unterdessen waren die anderen, alles stehen- und liegenlassend, zu der Kuh auf der Weide geeilt und standen um das Tier herum, das stark schnaufte und schwitzte. Nur Tante Engeline war zum Kopf der Kuh

gegangen, umarmte den Kopf mit beiden Armen und flüsterte der Kuh besänftigende Worte ins Ohr, die kein Mensch verstand. Es hörte sich an wie ein leiser Gesang, und dabei lächelte Tante Engeline wie entrückt. Vielleicht, dachte ich damals, war es eine geheime Sprache von Frau zu Frau, oder besser gesagt, von Mutter zu Mutter.

So erlebte ich dann, wie dem „Etwas", das hinten aus der Kuh ragte, der Strick umgebunden wurde und unter mancherlei Anstrengungen seitens der Menschen und der Kuh schließlich ein Kälbchen aus der Letzteren gezogen wurde: so glitschig, so nass, so süß.

Onkel Otto hieß mich die Schubkarre vom Hof zu holen. Als ich zurückgestolpert kam, war das Junge schon mit Heu trocken gerieben worden und es lutschte genüsslich an den Fingern von Vreni. Rasch wurde die Schubkarre mit Heu ausgepolstert und das Kälbchen behutsam darauf gehoben. Dann zog eine seltsame Prozession zum Hof: Die Schubkarre mit Kalb voran, danach führte Hermann, ältester Sohn, die Kuh und hinterher folgten Bauer, Bäuerin und all die Verwandten. Im Stall angekommen, versorgte Hermann die Kuh, während wir Kinder uns gründlich um das Baby kümmerten.

Nach all der Aufregung brachten wir später den Heuwagen vollbeladen in der Scheune unter, bevor wir die ersten Gewitterwolken entdeckten.

Alle waren zum Vesper eingeladen. Es gab Butter, Schwarz- und Leberwurst, Speck und Brot. Und Most. Wir Kinder bekamen natürlich den Most stark mit Wasser verdünnt, aber immerhin.

Der Tag wurde nochmal besprochen und manches Glas wurde auf den Bauern getrunken, der so vom Glück begünstigt war: Das Heu trocken in der Scheune und ein Kälbchen noch als Zugabe. Sei`s gesegnet, Bauer.

Später am Abend lag ich allein in meinem Bett. Komischerweise hatte ich vom Moment der Entdeckung der gebärenden Kuh bis jetzt im Bett kein einziges Mal mehr an meinen Geburtstag gedacht. Ein Kälbchen war auf die Welt gekommen. Und ich hatte Geburtstag gehabt. Mit einem Rindvieh.

Dann weinte ich bitterlich.

Am nächsten Morgen, ich drehte gerade die Kurbel der Milchzentrifuge, die die Milch in Magermilch und Rahm trennte, sagte Tante Engeline in der Küche:

„Ha, da kommt ja unser Jörgl".

„Wer isch der Jörgl?", wollte ich wissen.

„Ha, des isch unser Briefträger, der Olympiasieger in der Nordischen Kombination."

Und tatsächlich kam der Georg Thoma, der Briefträger von Hinterzarten und der Olympiasieger von Squaw Valley im Jahr 1960, zur Küchentür herein und gratulierte mir zum Geburtstag, denn er hatte eine Glückwunschkarte von meinen Eltern dabei und muss sie wohl gelesen haben.

Alle anderen, sofern sie noch auf dem Hof waren, gratulierten mir dann natürlich auch noch, und nachträglich wurde das Kälbchen auf den Namen „Petra" getauft, weil wir ja schließlich am gleichen Tag Geburtstag hatten und ich Peter heiße.

Aber so einer „Goldmedaille" wie dem Jörgl die Hand geschüttelt zu haben ... Junge, Junge. Das war schon etwas ganz Besonderes.

Paris

Zu meiner Schande muss ich gestehen, dass ich noch nie in Paris war. Nach überall hin hat es mich verschlagen, nach Italien, Spanien, Griechenland, Holland, Schweden, USA, Frankreich, doch niemals nach Paris, und ich nehme an, dass man eine Umsteigeverbindung vom Gare de l'Est in Paris zum Bahnhof Paris-Austerlitz zwecks Weiterreise nach Orléans nicht als Aufenthalt werten kann. Paris lag irgendwie nicht drin, obwohl ich viele Jahre lang in Basel in der Schweiz gelebt habe und es von dort aus genügend direkte Zug- und Flugverbindungen nach der Hauptstadt Frankreichs gab. Heute lebe ich woanders und es ist von hier aus nicht mehr so einfach nach Paris zu kommen, aber weit weg ist es immer noch nicht, mehr oder weniger grad um die Ecke, drüben überm Rhein.

Der uneingeschränkte Lebensmittelpunkt meiner Großmutter väterlicherseits lag in Waldulm. Hier war sie geboren und aufgewachsen, hier hatte sie geheiratet, eine Familie gegründet und ein Haus gebaut, in dem meine Frau und ich mittlerweile selbst wohnen.

Meine Oma war eine Waldgängerin, eine echte Waldhexe. Sie kannte alle Gewanne der Gemeinde und der näheren Umgebung mit Namen, auch mit sogenannten Übernamen, und wusste stets, wo die meisten Pilze verborgen wuchsen, die dicksten Heidelbeeren hingen und es die grünsten Tannenzweige gab. Ihre Küche war ein ständiger Umschlagplatz von Waren, die sie aus dem Wald angeschleppt hatte. Entweder wurden Pilze geputzt, Beeren gewogen oder Kränze geflochten, die sie alle auf dem Wochenmarkt im acht Kilometer entfernten Achern an ihrem eigenen Stand verkaufte. Dort erfuhr sie durch die üblichen Marktgespräche nebenbei vom Wichtigsten, was in der Außenwelt sonst geschah. Was sie für die Familie an Vorräten selber brauchte, baute sie in ihrem Garten und auf den gepachteten Feldern an. Für Fleisch sorgten die freilaufenden Hühner hinter dem Haus und Opas Stallhasen unter dem Schopfdach.

Einmal im Jahr, sofern sie nicht gerade von einem Zipperlein geplagt war, unternahm sie mit dem Frauenverein einen Tagesausflug per Bus, der in der Regel zu einem Kloster im Schwarzwald führte oder in eine der bekannteren Kirchen, mit anschließendem gemütlichen Beisammensein in einer der damals noch zahlreichen Wirtschaften Waldulms.

Wenn es nach meiner Großmutter gegangen wäre, hätte Kopernikus es bei dem alten Weltsystem, nämlich dass die Erde der Mittelpunkt von allem sei, belassen können, und auch wenn die Erde eine Scheibe geblieben wäre, hätte sie das nicht weiter berührt. Aber einen Traum hatte sie dann doch. Sie wollte einmal in ihrem Leben nach Paris, um den Eiffelturm zu sehen und Notre Dame und Mona Lisa im Louvre.

Ein Jahr vor ihrem Tod, aber das wusste sie damals natürlich nicht, war es dann soweit. Sie hatte mit ihrer benachbarten Freundin Marie, übrigens hieß Großmutter ebenfalls so, Fahrkarten nach Paris gekauft. Es war im Mai an einem Donnerstag, als ihre Reise losging. Zu Fuß marschierten sie von Waldulm nach Kappelrodeck zum dortigen Bahnhof vom Achertalbähnle. Opa trottete mit dem Leiterwagen und dem Gepäck darauf hinterher. Von Kappelrodeck fuhren sie mit dem Bähnle, von Einheimischen liebevoll „Entenköpfer" genannt, durchs Achertal nach Achern. Dort stiegen sie um und erreichten den Regionalzug, der sie zwei Stationen weiter bis nach Appenweier brachte. Wieder hieß es umsteigen, dafür brachte sie die nächste Bahn bereits über die damals noch eingleisige Rheinbrücke bis nach Strasbourg in Frankreich. Oma betrachtete, da sie noch eine glühende Verehrerin des Kaisers war, das angrenzende Elsass und damit auch Strasbourg, als *eigentlich* deutsches Gebiet, weil man ja dort *eigentlich* und *normalerweise* deutsch sprach. Nun, wie dem auch sei, in Strasbourg war wiederum ein Umstieg erforderlich, wofür es aber von dort aus mit einem Schnellzug direkt nach Paris ging, zum Bahnhof Gare de l'Est. In der Nähe des Bahnhofes fanden sie rasch ein Hotel mit Doppelzimmer, was praktisch war für die Rückreise. Damals gab es halt noch kein Internet, mit dessen Hilfe man ein Hotelzimmer im Voraus buchen konnte.

Die beiden Damen hatten Wetterglück. Freitags besuchten sie zuerst Notre Dame und danach den Eiffelturm. Am Samstag waren Montmartre mit Sacré-Coeur und Mona Lisa im Louvre an der Reihe, wobei es leider bei Montmartre blieb, denn im Louvre verloren sie schlichtweg die Übersicht wegen viel zu vieler Leute. Also liefen sie sich auf den Champs-Élysées müde und schliefen abends in ihrem Hotel nahe des Gare de l'Est bis kurz vor Abfahrt ihres Zuges am Sonntag nach Hause.

Die Fahrt ging den gleichen Weg mit den gleichen Umstiegen wieder zurück, also über Strasbourg, Appenweier, Achern nach Kappelrodeck, wo Opa sie mit dem Leiterwagen für das Gepäck in Empfang nahm und sie zwanzig Minuten später wieder in Waldulm ankamen.

Zu Hause warteten natürlich alle auf den begeisterten Reisebericht der Damen. Auf die drängend gestellte Frage, wie es denn nun so war in dem großen Paris, sagte meine Großmutter: „Hajo, es war schu mol interessant. Aber es isch halt arg abglege."

Womit die Weltachse wieder in die gewohnte Mitte gerückt war.

Du, ich muss dir wos sooch …

Wenn es kalt ist und ich friere, ziehe ich dicke Wollsocken und einen selbstgestrickten Pullover an. Zudem wickle ich mir einen Schal um den Hals, selbst wenn ich mich nur im Haus aufhalte. Kommt die Kälte aber von innen, so ein unangenehmes Frösteln, dann schaue ich das Bild von meiner Großmutter an, das auf meinem Schreibtisch steht. Ihr Gesicht strahlt so viel Güte und Herzlichkeit aus, dass mir allein vom Betrachten sofort warm ums Herz wird, und diese Wärme ist doch die wichtigste von allen.

Meine Oma wohnte in einem kleinen Häuschen am entgegengesetzten Ende des Ortes, in dem ich geboren bin. „Kleines Häuschen" war genau der passende Ausdruck für das, was sich unter dem Dach befand, aber als Kind war es mir der liebste Ort gewesen, den ich mir vorstellen konnte, und auch als ich älter wurde und schon nicht mehr zur Schule ging, besuchte ich Oma so oft wie möglich.

Im Erdgeschoss gab es lediglich eine Küche mit einer zugehörigen *Speis*, was allerdings nicht eine Speisekammer war, sondern eher eine Nische zum Geschirrspülen. Daneben war das Wohnzimmer und sonst kein weiterer Raum, wenn man einmal vom *Ern*, also dem Flur mit der Treppe in den ersten Stock, absah. Im ersten Stock befanden sich zwei Zimmer, wovon eines als Schlafzimmer benutzt wurde und das andere, das nicht zum Wohnen hergerichtet oder ausgebaut war, als Lager für Mehlsäcke und geflochtene Körbe diente.

Neben der Eingangstür zum Haus befand sich die Tür zum Stall, in dem früher, als Oma nicht allein in dem Haus gewohnt hatte, ein paar wenige Kühe standen. Hühner und Enten jedoch hat sie immer gehalten, selbst noch im hohen Alter. Seitlich vom Stall stand ein Schweinestall, und daneben, also quer über den naturbelassenen Hof, das freistehende Plumpsklo. Der Weg von der Haustür bis zum Plumpsklo betrug ungefähr fünfzehn Meter und man musste von der Haustür aus zuerst über eine mit runden Natursteinen gepflasterte schräge Rampe balancieren. Wenn es regnete oder feucht war, von Glatteis ganz zu schweigen, geriet der notwendige Gang zum Klo zur reinsten Rutschpartie mit all deren Fallen und Gefahren.

Meinen Opa hatte ich nicht mehr gekannt. Er ist im Krieg gefallen. Oma hatte erzählt, dass irgendwann während der Kriegsjahre eine simple Postkarte gekommen war, auf der ihr die Nachricht vom Tod ihres Mannes mitgeteilt wurde.

Zu jener Zeit lebte Oma mit ihren beiden Kindern, Tochter und Sohn, sowie mit ihrer Mutter, also meiner Urgroßmutter, in dem kleinen Häuschen. Sie bewirtschafteten zusammen den Bauernhof. Dann verließ die Tochter, meine Mutter, das Häuschen und heiratete, und später übernahm der Sohn, mein Onkel, mit seiner Frau einen eigenen Hof. So blieben für einige Zeit Oma und ihre Mutter im Häuschen zurück. Nach Urgroßmutters Tod wohnte Großmutter ganz allein. Man kann sich heutzutage die beengten Verhältnisse damals in so wenig Zimmern gar nicht mehr vorstellen.

Nachdem Oma vor ein paar Jahren gestorben war, genau genommen vor elf Jahren, also noch gar nicht so lange her, und ihr Häuschen abgerissen wurde, war es für mich, als würde man ein Stück meiner Kindheit, meiner Jugend und ein Stück meiner selbst abreißen.

Aber Oma war zu Lebzeiten glücklich. Stets spielte ein Lächeln in ihrem Gesicht, das ich so sehr liebte. Im Winter fand ich sie oft vor ihrem Küchenherd sitzend, die Beine in den Backofen gestreckt um sich zu wärmen, und Radio hörend. Sie konnte die feinsten und süßesten Marmeladen zaubern und kochte die allerbesten Kartoffelklöße. Ich glaube, die Kartoffelklöße schmeckten deshalb so gut, weil sie immer eine Prise ihres verschmitzten Humors mit in den Teig hineinknetete. Ja, immer hatte ich das Gefühl, die Klöße schmeckten irgendwie lustig.

Eines Tages, ich war wieder einmal zu Besuch gekommen, sah ich Oma an, dass sie irgendetwas bedrückte. Nun, ich wolle sie nicht drängen und fragen, immerhin war sie eine erwachsene Frau, und manchmal zwickt einen, gerade in dem Alter, irgend ein Zipperlein, das man nicht gleich jedem auf die Nase binden muss. Aber man macht sich halt ein bisschen Sorgen, denn es könnte immerhin was Gesundheitliches sein, oder nicht, und da möchte man dann doch wissen, ob alles in Ordnung ist. Weil ich sie allerdings schon ein wenig genauer kannte, wusste ich, dass ich nicht lange zu warten bräuchte, bis sie mit dem, was sie beschäftigte, zur Sprache kommen würde. Und genau so war es.

„Du", sagte sie ziemlich verlegen und fasste meine Hand, „du, ich muss dir wos sooch …"

‚Ach herrjeh', dachte ich, ‚so schlimm ist es?' und lauschte mit Vergnügen ihrer Sprache, dem Dialekt, womit man um so viel besser ein Gefühl, eine Regung, eine Freude und auch eine Peinlichkeit ausdrücken kann als in jeder anderen beliebigen Sprache.

Sie erzählte, wie es an der Haustür geklopft hatte und ein fremder junger Mann ihr lang und breit erklärt habe, dass er, zur Finanzierung seines Studiums, gezwungen sei, nebenbei ein bescheidenes Einkommen zu erzielen, und dass er pro verkauftem Abonnement …Langer Rede, kurzer Sinn, Oma hatte einen Zeitschriftenvertreter ins Haus gelassen.

„Und?", fragte ich sie, wie man immer zu fragen pflegt, wenn es einen nicht selbst betrifft, „du hast dir doch nichts andrehen lassen?"

Oma wand sich, als müsse sie ein langes Seil drehen. „Wo er doch Student war und wo er das Geld doch braucht …"

„Da hast du gedacht, ‚heute tu´ ich ein gutes Werk und kauf´ dem armen Schlucker eine Zeitschrift ab'. War es so?"

Omas Gesicht verzog sich nun zu einer Grimasse, als wenn sie selber ein armer Schlucker wäre. „Ja, so war´s. Ich hob ä Zeitung bestellt. Ower …" Es fiel ihr sichtlich schwer, auf den Punkt zu kommen.

„Ja was ist nun mit ‚ower'? Sag´ schon. So schlimm kann´s doch gar nicht sein", versuchte ich, ihr den nötigen Anstoß zu geben.

„Es is ä Fernsehzeitung, ower ich hob´ doch gor keen Fernseh."

Ilse Skrobek

Badisch?

Mit den Dialekten ist es schwierig,
und bleibt es schwierig.

Gerade noch, dass die Alteingesessenen, also die Alten, die im entsprechenden Gebiet geboren wurden und leben, den Durchblick haben, obwohl, ja, obwohl im nächsten Dorf und im übernächsten Tal schon wieder anders geredet wird. Nicht so, dass man sie nicht mehr verstehen würde, aber eben anders. Einzelne Wörter nur, vernachlässigbar wenig, und doch ist es bereits nicht mehr dieselbe Sprache, sondern höchstens noch die gleiche. Und das betrifft nicht nur die Sprache, die Ausdrucksweise, nein, sondern auch die Menschen, die dahinter stecken. Waren sie nicht sowieso schon immer anders gewesen und hatte man das nicht sowieso schon immer gewusst?

Das Anderssein beinhaltet in der Regel bereits eine erste Herabsetzung, eine Herabwürdigung, eine Abwertung eben jener aus dem benachbarten Ort, aus dem hinteren Tal. Nicht gleich boshaft. Aber man musste ja ehrlich sein und ehrlich gesagt: War und ist bei uns nicht alles ein bisschen besser? Tragen sie dort drüben nicht die Nase etwas höher als schicklich ist? Haben und hatten sie nicht, und wenn nicht alle, dann doch viele, also gut, wenigstens einige, Klumpfüße unter ihren weiten Röcken und Säumen? Und wie die zu ihrem vielen Geld kamen, möchte man nicht im Traum erzählt bekommen.

Nie im Leben würde man was Übles einem von dort nachsagen, aber man steht in gesunder Konkurrenz, was die Bauern und Landwirte und deren Produkte angeht, was die Glaubensgemeinschaften und die jeweiligen Kirchen betrifft, was die Kinder und die Schulen angeht, und endlich was die Frauen, die Männer und die Liebe untereinander angeht, und das ist hüben und drüben so. Man ist im Prinzip stets einer oder eine von den Eigenen oder eben einer oder eine von den Anderen. So spricht man also miteinander und erkennt einander an eben dieser Sprache und weiß Bescheid, und zwar sofort, woher der Wind weht.

Fremde, damit meint man Zugezogene oder Zugereiste, die von weit außerhalb des dialektischen Dunstkreises stammen, die Duldungsgrenze wird bei plus/minus zehn Kilometer liegen, bewegen sich auf verlorenem Terrain. So sehr sie sich auch um Aufnahme in die inneren Zirkel der dörflichen Strukturen bemühen, sich als Vorstandsmitglieder in Vereinen wählen lassen, beliebt sind die Posten der Schriftführer, weil eigentlich keiner der Eingeborenen über ein einwandfrei präsentierbares und druckreifes Deutsch verfügt und man daher dankbar ist für jeden, der eine andere heimische Sprache spricht als das vertraute, aber für Veröffentlichungen unpraktische Badisch, so bleibt den meisten doch die Anerkennung, quasi der Ritterschlag durch die Gemeinschaft, verwehrt. Ihnen fehlen praktisch die Gene der Ursuppe, die sie zu einem unverwechselbaren Abkömmling heimischregionalen Sexuallebens küren, fehlen die Geschmacksknospen auf der Zunge, die einen Eingeborenen beim Genuss von „Bibbeleskäs" oder „Suuri Buhne mit Speck" vor Seligkeit dahinschmelzen lassen. Die einzig geachteten Fremdlinge in der Gemeinschaft waren und sind Lehrer und Pfarrer.

Weil das immer so war und wir das schon immer so gemacht haben, ist es auch heute noch so und es bleibt so.

Eine der am häufigsten von Auswärtigen frequentierten Sprachfallen sind bis heute die Doppellaute, auch Diphthonge genannt, wie zum Beispiel das **au**, und bestimmt kursieren etliche Stilblüten in den badischen Landen, über die von Landstrich zu Landstrich unterschiedlich geschmunzelt wird, weil gerade das **au** von Ort zu Ort verschieden ausgesprochen, ja sogar akzentuiert wird. Es gibt Nuancen des akzentuiert gesprochenen **au**, die selbst die Akzentweltmeister, die Franzosen, nur unter größter Folter aus der Kehle quetschen könnten, was aber einem Badener nur ein müdes Lächeln entlockt.

Kurz einige Beispiele zur Aussprache des **au,** ohne ortsspezifisch beliebig authentisch sein zu können: Das *Haus* wird gesprochen wie *Huus*, mit langem **u**. Die *Maus* wie *Muus*. Die *Haut* dagegen wie *Hutt* mit kurzem **u,** genauso wie *laut* zu *lutt* wird. Schwieriger wird es mit dem badischen Akzent, wenn das **au** zu einem **ou** wird, wo aus einem *Lauf* ein *Louf* wird und aus einer *Braut* eine *Brout*. Badische Kinder saugen das mit der Muttermilch ein, also muss es kinderleicht sein.

Eine meiner liebsten Geschichten ist meinem Vater widerfahren, und er hat sie bestimmt bei jedem Familientreffen einmal erzählt, wobei man erwähnen muss, dass mein Vater ein ganz schwerer Fall eines Badeners war.

„Wir waren im Schwarzwald unterwegs, auf einer schmalen asphaltierten Straße bergwärts, zu Beginn einer Wanderung. Noch hatten wir die einsamen steinigen und steilen Wege und Pfade nicht erreicht, die uns durch die Wälder in die Höhe bringen sollten. Wir waren ungefähr fünfzehn bis zwanzig Leute, durchweg Mitglieder und Freunde des Schwarzwaldvereins.

Dabei war auch ein Mann aus Norddeutschland namens Reinhard, der vor kurzem nach seiner Pensionierung aus dem Norden ins Badische gezogen war. Er hatte sich zum Schriftführer des Schwarz-waldvereins wählen lassen und da er nun Vorstandsmitglied war, mischte er sich ständig ein. Er brachte Vorschläge, als würde er täglich das Rad neu erfinden, oder als müsse er uns das Laufen neu beibringen. Ein komischer Kerl, der stur sein Hochdeutsch sprach und, wenn er uns ärgern wollte, Plattdeutsch redete, das kein Mensch verstand. Einerseits biederte er sich an, andererseits gab er sich kaum erkennbare Mühe, sich an hiesige Verhältnisse anzupassen. Bis zu dieser Wanderung.

Ich ging in Gedanken versunken neben einem Wanderfreund ziemlich in der Mitte der asphaltierten Straße, als ich von hinten die Stimme des Norddeutschen hörte:

„Alfred, Achtung, *Uto*.“

Ich reagierte zuerst gar nicht auf den Zuruf, wie gesagt, ich war in Gedanken oder im Gespräch mit dem anderen Wanderfreund. Dann hörte ich ihn wieder:

„Achtung, Alfred, *Uto*.“

Ich blieb stehen und drehte mich um. Hinter mir stand Reinhard am Straßenrand und winkte ein Auto vorbei.

„Was willst du denn von mir mit *Uto*?“

„Na sieh´ doch, da. *Uto. Huus, Muus, Uto*. Da fährt´s.“

Da hab´ ich ihm dann erklärt, dass, wenn auch die *Maus* hier wie *Muus* ausgesprochen wird, das *Auto* bei uns immer noch *Auto* heißt und dass es nicht so einfach ist, ein Badener zu werden, wie er sich das vorstellt.“

Sagte es, und ließ ihn stehen.

Der Kniestrumpf

Heutzutage, in unserer schnelllebigen Zeit, in der ein neugekauftes Auto nach zwei Jahren nur noch die Hälfte an Wert hat, ein Handy nach einem Jahr technisch bereits als überholt gilt, kaputte Socken weggeworfen werden anstatt gestopft, wir uns aller alten oder unvollständigen Dinge entledigen und wir uns überhaupt leichten Herzens von allen nur denkbar möglichen Sachen trennen, die für niemanden mehr von Nutzen zu sein scheinen, da bekommt die folgende Geschichte einen ganz eigenen Stellenwert.

Es gab eine Zeit, ich habe sie erlebt, da wurden alle Strümpfe von Hand gestrickt. Anfangs war die Wolle recht kratzig, aber das wurde besser. Die Ehefrauen strickten, die Mütter, die Omas, die Tanten. Männer habe ich nie stricken gesehen. Wenn der Spätherbst kam und der Winter folgte, klapperten die Stricknadeln, bei uns auf dem Dorf. Ob das in der Stadt auch so war, weiß ich nicht. Und heraus kamen anfangs immer Kniestrümpfe. Die brauchten die Männer, um im Winter die langen Unterhosen hineinstecken zu können, wenn sie bei kalter Witterung auf dem Acker arbeiteten oder in der Fabrik oder auf dem Bau. Die Buben bekamen Kniestrümpfe für ihre Kniebundlederhosen, manchmal sogar zu kurzen Stoffhosen. Na ja! Und so gewöhnten sich die Männer und Buben an ihre Kniestrümpfe, immer selbstgestrickt. Wir Mädchen bekamen Socken, aber erst Jahre später. - Welche Strümpfe trugen eigentlich die Frauen im Alltag bei uns auf dem Dorf?- Jedenfalls war zu dieser Zeit das Stricken von Strümpfen eine Notwendigkeit. Die Strümpfe hielten warm und im Normalfall ewig, bis auf den Fuß, der wurde mit der Zeit durchlässig. Das war kein Problem für die Frauen, sie strickten die Strümpfe neu an und hatten eine selbstverständliche Freizeitbeschäftigung, sogar mit Spaß, denn meistens saßen mehrere Frauen an den langen Abenden zusammen. Und es wurde allerhand erzählt. Ich kannte sogar einen Opa, der hat für die Frauen Schifferklavier gespielt. So war das in meiner Erinnerung, als das Stricken von Strümpfen noch eine Notwendigkeit war. Und so lernte ich auch Strümpfe zu stricken, von meiner Oma und Uroma. Die beiden gaben das Stricken nach und nach auf, es war zu fieselig, stattdessen stopften sie die Kartoffelsäcke oder reparierten Körbe. Ich gab das Stricken bald auf, denn es war plötzlich out, gestrickte Strümpfe zu tragen, als ich in der Stadt zur Schule ging. (Als ich dann wieder anfing, selber zu denken, liebte ich die gestrickten Socken meiner Mutter.) Meine Mutter strickte all die Jahre bis zu ihrem Tod weiter, mal mehr, mal weniger, und der dankbarste Abnehmer von Kniestrümpfen war mein Bruder. Ich glaube, er hat noch nie in seinem Leben gekaufte Strümpfe getragen, zumindest kann er die meisten nicht leiden. Und so kommt es zu der Geschichte mit dem einen bestimmten Kniestrumpf.

Viele Kniestrümpfe meines Bruders haben schon viele Jahre auf dem Buckel, beziehungsweise auf dem Fuß, und so sieht der auch aus und fühlt sich an: durchscheinend und hart. Keinen einzigen wirft mein Bruder weg, denn der Schaft ist ja immer noch gut. Und jetzt komme ich wieder ins Geschehen: Vor nicht allzu langer Zeit habe ich meine Leidenschaft fürs Stricken wieder entdeckt, speziell für das Stricken von Strümpfen. Und weil es mir auch widerstrebt, liebevoll von Hand gestrickte Socken wegzuwerfen, habe ich meinem Bruder angeboten, die Arbeit unserer Mutter fortzusetzen und die Strümpfe mit den durchscheinendsten Füßen zu reparieren: Den Fuß oberhalb der Ferse abschneiden, die Wollfitzelchen herauspulen, die Maschen auffädeln, die neue Wolle ansetzen und in der ersten Strickrunde die Maschen in die richtige Richtung drehen. Und das mit der neuen Wolle ist gar nicht so einfach, man muss erst mal eine finden, die farblich einigermaßen zum Schaft passt. So habe ich mich dann auf die Suche gemacht und das erste Paar alter Kniestrümpfe stets in meiner Tasche mit mir herumgetragen, bis ich endlich eine passende Wolle gefunden hatte. Ich war schon ganz gespannt auf mein neues Projekt und kramte die Kniestrümpfe aus meiner Tasche, das heißt, ich wollte, denn es fand sich nur noch einer, ein Kniestrumpf! Hatte ich wirklich alle beide mit mir herumgetragen? Ja, ich hatte. Dann ging die Sucherei los, erst zu Hause in allen möglichen Wollkisten, dann der Reihe nach in allen Wollgeschäften, die ich besucht hatte. Habe ich vielleicht einen Kniestrumpf …ähhh? Wie peinlich! So ein altes Ding! Und als ich schon gar nicht mehr an einen Erfolg geglaubt hatte, kam ich eines Tages in die ZG Raiffeisengenossenschaft. Auch da hatte ich nach Wolle geschaut und so fragte ich: „Hab ich vielleicht hier zufällig einen Kniestrumpf verloren, so einen blaugrauen, etwas älteren, gestrickten?" Prompt brachen alle drei Anwesenden, ein junger Mann, ein älterer Mann, eine mittelalte Frau, in schallendes Gelächter aus. Wirklich. Der junge Mann ging feixend in ein Nebenzimmer und kam zurück und hielt mit spitzen Fingern meinen alten blaugrauen Kniestrumpf in die Höhe. Welche Freude meinerseits und welches Gelächter. „Was willsch mit dem alte Ding?", grinste der ältere Mann. „Den will ich neu anstricken." Mehr konnte ich nicht erklären, denn die drei lachten immer noch. „Ei Maidl, du bisch luschtig, kommsch zu uns in den Verein, da hammer immer was zu lache", lud mich der ältere ein. Keine Ahnung, in welchen Verein, aber ich lachte mit und erklärte schließlich doch noch, wie es sich mit dem alten blaugrauen Kniestrumpf verhielt. Als ich hinausging, grinsten die drei immer noch, und ich hoffe, nicht mehr ganz so verständnislos.

Ilse Skrobek

Gesundheit

... es fängt mit „U" an.

Wir waren mit *Paule*, unserem Kater, beim Tierarzt.

Am Abend zuvor, wir wollten gerade zu Bett gehen, war er von irgendwo draußen nach Hause gekommen, humpelnd auf drei Beinen. Das vierte Bein, rechts vorne, hing an ihm wie ein regloses Stück Holz. Er warf sich uns zu Füßen, blieb liegen wie tot und war nicht mehr ansprechbar. Als wir versuchten, ihn wieder auf die Beine zu stellen, klappte er über sein lädiertes Bein auf die Seite. Er schleppte sich, ein Bild des Jammers, ins Wohnzimmer und verkroch sich in der hintersten Ecke seiner Schlafhöhle. Wäre der Tierarztnotdienst am Telefon erreichbar gewesen, hätten wir *Paule* noch nachts um halb elf geschnappt und ihn in die Praxis gefahren. Aber es hatte sich nur der Anrufbeantworter gemeldet.

Am nächsten Morgen standen wir als vermeintlich Erste an der Rezeption der Tierarztpraxis, damit wir gleich drankämen, aber man hieß uns zu warten. Wir verkrümelten uns also in den Wartebereich und setzten uns, *Paule* in der Mitte, auf die Wartebank. Vis-à-vis von uns saßen zwei Herren in gesetztem Alter, die doch vor uns hier gewesen waren.

Die beiden Herren, ich beachtete sie kaum, sahen sich entfernt ähnlich, wie ältere Männer sich oft ähnlich sehen. Jeder von ihnen hatte einen kleinen Hund bei sich, deren Rasse ich nicht erkennen konnte, die sich aber auch ähnlich sahen.

Bei so viel Ähnlichkeiten schalte ich oft ab, gehe quasi in einen Stand-by-Betrieb. Die beiden Herren kannten sich offensichtlich und unterhielten sich angeregt miteinander. Sie hätten meinetwegen über das Paarungsverhalten des wachsbleichen Sägezahnumpfs reden oder über die beste Bekämpfungsmöglichkeit des fünfbeinigen Gartenzaunschnirchs diskutieren können – ich hätte sie nicht verstanden.

Meine Frau kümmerte sich während der Wartezeit rührend um unseren Kater, der tapfer sein Los ertrug, während ich, wie beschrieben, vor mich hindumpfte.

Ich bin ein großer Kreuzworträtselfan. Aus Erfahrung weiß ich, dass es oft am Fehlen eines einzigen Buchstaben liegt, um die Lösung nicht zu finden, oder anders ausgedrückt, dass mit dem Einsetzen eines einzigen Buchstabens es einem plötzlich wie Schuppen von den Augen fällt und alle anderen wie von selbst in die richtigen Felder purzeln.

Vermutlich war der Grund, warum ich plötzlich die Ohren spitzte, ein kurzer Satz, den einer der Männer von sich gegeben hatte: „… es fängt mit einem U an."

Ich registrierte: Hoppla, ein Buchstabe. Höchst interessant. Vielleicht kann ich den nochmal gebrauchen, und wachte aus dem Sleeper-Modus auf.

„Das sagt mir jetzt nichts", antwortete der andere und hob entschuldigend die Schultern.

„Doch", blieb der erste standhaft, „jedes Lebewesen braucht es. Ob Tier, ob Mensch, unsere Hunde, wir selber, alle brauchen es. Es fängt mit einem **U** an."

„Tut mir leid", meinte der zweite, „ich weiß nicht, was du meinst."

Meine Frau, die ein sehr ausgeprägtes Sozialverhalten besitzt und aufmerksam zugehört hatte, mischte sich ein: „Mit **U** fällt mir absolut nichts ein."

Der Mann ließ sich nicht beirren. „Auf jeden Fall fängt es mit **U** an. Meine Frau und ich fahren jedes Jahr extra deswegen an die Nordsee nach Borkum. Die Luft dort ist damit angereichert. Es ist wegen der Schilddrüse. Ach herrje", hilfesuchend blickte er sich um. „Es fängt mit **U** an." Sein Blick traf auf mich. Erkannte ich da eine Art von Verzweiflung in seinen Augen?

„Meinen Sie **Jod?**", fragte ich ihn.

„Wie meinen Sie?" Er hatte mich wohl nicht richtig verstanden. Ich bemerkte sein Hörgerät.

„**Jod!**", sagte ich laut.

„Genau!", rief er strahlend aus. „Das mein' ich. Das brauchen alle."

Da rief die Sprechstundenhilfe. „Der Nächste bitte!"

Arztgespräch

„*Vi agra* ich mich Tag für Tag –
mein *Penic ill in* kläglich.
Er *traumeel* schlaff, das ist ein Schlag,
für mich *togal* unsäglich."

Der Arzt fragt mich: „*Di clo fenac?*"
Ich sage: „Ja, ganz dünn."
Er meint, dass gegen so 'nen Kack
auch hilft kein *Aspirin*.

„*Ar, dey se don* ein bisschen Sport?
Volt ar en wenig laufen?
A ta cand haben auf mein Wort
Pferdebalsam zu kaufen.

Tho ma pyrin zu Brei darum
Kartoffeln und Gemüse."
Ich frag' ihn auch gleich: „*Valium?*"
„Dann klappt's auch mit der Düse."

Er hebt die Hand: „*I bu profen*,
ab morgen *kytt a* besser.
Du lco- ganz *lax,* Sie werden seh'n,
dann spar'n wir uns das Messer."

„Das ist fürwahr ein *feni Stil*.
E qui li brin Tablette?"
„Ich bring sie selbst, ich bin mobil,
hab 'n Fahrrad noch mit Kette."

Krankheit

Meine Frau und ich wohnen auf dem Lande in unserem kleinen Häuschen mit einem Garten drum herum. Wir sind beide pensioniert. Wir lieben es, im Haus zu kruscheln und im Garten zu werkeln. Wenn das Wetter es erlaubt, setzen wir uns abends nebeneinander auf eine Bank vor unserem Haus, betrachten die Vielfalt an Blumen, lauschen den Vögeln oder auch dem Straßenverkehr, unterhalten uns über meist einfache Belange unseres Lebens.

Ich bin bestimmt nicht der Klügsten einer, ganz im Gegensatz zu meiner Frau, die studiert hat, aber dumm sind wir beide nicht. Wir verstehen einander sehr gut. Mir fällt kein Tag ein, an dem wir uns je einmal gestritten hätten, und ich will beteuern, dass wir uns in Liebe sehr zugetan sind. Mag sein, dass das Bild von dem alten Ehepaar auf der Bank vor dem Haus einem Klischee entspricht, aber ich sehe uns so am allerliebsten.

Weil meine Frau die Klügere von uns beiden ist, trägt sie auch am meisten zu unseren Unterhaltungen bei. Schon am Morgen beim Frühstück sprudeln die Worte munter aus ihr heraus und es ist mir eine Freude, ihr dabei zuzuhören. Der Quell wird zu einem Bächlein, das murmelnd durch die Wiesen hüpft, durch den Tag dem Abend entgegen, wobei die Neigung nie Richtung dummem Gerede oder sinnlosem Geplapper geht. Bösen Zungen, die behaupten, meine Frau würde einem Eskimo am Nordpol einen Kühlschrank oder dem Papst in Rom ein Doppelbett verkaufen, möchte ich vehement jegliche Art von Kompetenz absprechen, sei sie nun akademischer oder sozialer Natur.

Es war im Herbst des vergangenen Jahres, als meine Frau anfing, über einen nicht genau lokalisierbaren Schmerz im Rücken zu klagen.

Häufiges Einreiben mit diversen Cremes konnte den Schmerz weder lindern noch die verloren gegangene Lebensqualität wiederbringen, weshalb sie im Winter endlich einen Spezialisten in der nächst größeren Stadt zu Rate ziehen wollte.

Wir fuhren mit dem Zug zu ihrem Termin (natürlich begleitete ich sie) und sie quälte sich erst einmal durch eine Reihe von Voruntersuchungen wie MRT, CT, Röntgenaufnahmen et cetera, bevor sie von einer ärztlichen Kapazität zur Bestimmung einer Diagnose aufgerufen wurde. Ich wartete geduldig oder ungeduldig, ich weiß gar nicht, wie ich die Warterei beschreiben soll, über eine geschlagene Stunde auf dem Flur vor dem Ärztezimmer, bis meine geliebte Frau wieder erschien. Ein Blick in ihre Augen sagte mir sofort: Da ist was passiert. Lebensgefahr.

Behutsam zog ich sie auf den Stuhl an der Wand neben mir und fragte sie schonend, was der Arzt denn gesagt hätte. Ich ahnte nichts Gutes.

Sie hatte Tränen in den Augen. „Er sagte", sagte sie, „dass ich außer einer schweren **Logorrhö** kerngesund sei."

Wusste ich's doch! Wie hieß die Krankheit gleich nochmal? **Logorrhö?** Hört sich an wie eine Geschlechtskrankheit. Aber hallo, das kann ja wohl nicht möglich sein. Meine Frau doch nicht, oder? Nein, Quatsch. Es muss bestimmt was Schlimmeres sein. Das konnte ja nicht gut gehen. Das musste ja so kommen. Jetzt, wo wir den Lebensabend genießen könnten. Aber wen trifft es mal wieder? Uns, die kleinen Leute, die Guten unter den Guten. Und meine Frau, wie tapfer sie es trägt. Mit welcher Würde sie es hingenommen hat. Ich werde ihr das Leben so leicht wie möglich machen. Was heißt Leben? Die Krankheit werde ich ihr erleichtern, so viel in meiner Kraft steht. **Logorrhö**, du sollst uns kennenlernen.

Leider dauerte die Zugfahrt zurück nach Hause sehr lang. Wir lagen uns überwiegend nur noch in den Armen, die Augen voller Tränen und versicherten uns unserer Liebe und des Beistands in dieser schweren Zeit bis zum bitteren Ende. Die Zeit, die uns noch gemeinsam gegönnt war, wollten wir so intensiv wie möglich verbringen.

Es passte zum Bild des Arztes, dass er nicht ein einziges Rezept, keinen einzigen Therapievorschlag an die Hand gegeben hatte. Wir waren uns praktisch völlig allein überlassen worden.

Daheim angekommen, bettete ich meine Frau in unseren bequemen und elektrisch verstellbaren Fernsehsessel, schaltete ihr das Programm ein und stellte ein paar Knabbereien und einen gesunden Tee auf das Beistelltischchen. Dann setzte ich mich nur fünf Minuten mit meiner ersten Zigarette nach über zehn Jahren auf die Sitzbank vor unserem Haus. Jetzt war mir alles egal. Sollte doch der Krebs mich holen.

Logorrhö. Wie sich das schon schreibt? Wie schreibt man es eigentlich richtig?

Ich schleppte mich ins Haus zum Bücherregal, winkte im Vorbeigehen meiner armen Frau zu, und nahm den Rechtschreib-Duden zur Hand, schlug nach, Buchstabe **L**: Li …, Lo …, Logistik …, Logo …, Logopäde …, hier! Hier steht´s! **Logorrhö: krankhafte Schwatzhaftigkeit.**

Da! Genau da traf mich der Schlag.

Menschliches

morgens …

Wach´ ich auf, den Kopf voll Watte,
orientiere mich mit Müh´,
hab´ gleich Durst nach einem Latte
macchiato in der Früh´.

Will ich Arm und Bein bewegen,
bleibt es kraftlos beim Versuch.
Nur die Blase drängt hingegen,
dass ich rasch das Klo aufsuch´.

Taste wankend mich zur Tür,
stoße mir dabei den Kopf,
wächst ´ne Beule mir dafür,
bis ich sitze auf dem Topf.

Und der Spiegel sagt die Wahrheit
unverblümt mir ins Gesicht.
Mit dem Aussehen sollt´ ich klar heut´
unter Leute gehen nicht.

Tasse Kaffee, Zigarette,
warte, dass mein Mundgeruch
sich in Gold verwandeln täte,
nach bekanntem Morgenspruch.

„Morgenstund´ hat Gold im Mund.“?
Das ist reichlich übertrieben.
Schau ins Maul mir morgens und
bin doch arm damit geblieben.

Liebe Tochter,

Wenn ich es damals gewusst hätte, damals, als ich Dir einen Musiknotenständer versprochen hatte –

Naja, ich hatte es ja nicht wissen können, aber lass mich Dir die Geschichte erzählen, wie sie sich von Anfang an zugetragen hat.

Irgendwann, genau kann ich die Zeit und den Ort gar nicht mehr benennen, hatte ich im Freundeskreis eine harmlose und deswegen auch unbedachte Äußerung darüber gemacht, dass ich einen Notenständer bauen wolle, welche dann über dunkle Kanäle und verschlungene Wege in Niederungen gelangt war, wo kleine, graue Männchen wie Regenwürmer oder wie Bakterien hausen und auf angereicherte Nahrung warten, die ihnen zufällig zufließt.

Jedenfalls klingelte es einen schönen Tages bei mir an der Haustür und ein eben solch kleines, graues Männchen stand davor, das sich als Herr Sörgli von der Eidgenössischen Handwerksschutzgenossenschaft vorstellte. Ihm sei zu Ohren gekommen, dass ich die Absicht hätte, einen Musiknotenständer in Eigenarbeit herzustellen, was ihn dazu bewogen hätte, das Gespräch mit mir zu suchen.

Tja, so einfach sei es dann halt nicht, auch wenn die Entscheidung leicht gefallen war, einen Notenständer bauen zu wollen. Wie es der Name seiner Genossenschaft ausdrücke, diene sie dem Schutz des Handwerks, dem Schutz der Handwerksbetriebe, dem der Meister und dem der Innungen und überhaupt aller im Handwerksregister eingetragenen Unternehmen, die alle erforderlichen Prüfungen zum Erhalten der entsprechenden Lizenzen, Zertifikate, Briefe und Siegel absolviert und bestanden haben. Ob ich mir dessen bewusst sei, dass ich mit meinem Vorsatz den Betrieben praktisch die Butter vom Brot nehmen würde? Dass ich die Arbeitslosigkeit des Mittelstandes fördern, der Volkswirtschaft Schaden zufügen und überhaupt das ganze System von Ausbildung und Produktion leichtfertig hintergehen würde?

Die Bedingungen des Arbeitsschutzes, was Unfallverhütung betrifft, dürften in meiner privaten provisorischen Werkstatt wohl kaum erfüllt sein. Wie es denn nur zum Beispiel mit dem Lärmschutz gegenüber meinen Nachbarn bestellt sei? Sehen Sie, sehr geehrter Herr, sagte das Männchen.

Ob es sich in meinem Falle um gewerbliche Schwarzarbeit handle, sei noch nicht klar zu sehen, aber sollte ich dazu übergehen in Serie zu fabrizieren, würde sich die Waagschale sicher in Richtung verbrecherische Handlungen neigen.

Um es ganz deutlich zu sagen, - meinte Herr Sörgli und plusterte sich mächtig auf, wahrscheinlich, damit ich ihn auch deutlicher sehen konnte, - also um es deutlich zu sagen, missfällt uns Ihr Begehren aufs Äußerste.

Er appellierte an mich, angesichts solch massiver Bedenken mein Tun noch einmal zu über-
denken und den Auftrag besser vielleicht doch an eine eingeschriebene Firma zu übergeben, die über erforderliche Qualifikationen verfüge und die sämtlichen Kriterien vollstens entspräche. Ansonsten müssten doch Auflagen verlangt werden, die meiner geplanten Arbeit wenigstens den Anstrich eines offiziell gebilligten Vorgehens verleihen und meinen guten Willen zur Unterstützung des Handwerks erkennen ließen.

Oder ob ich wirklich Schuld auf mich laden wolle?

Schuld? Ich? Um Gottes Willen, nein, schuldig wollte ich auf keinen Fall werden. Aber was wären das für Auflagen, welche ich erfüllen müsste?

Nun, zuerst müsste ich einen detaillierten Plan vorlegen, am besten von einem Architekten oder einem Planungsbüro erstellt. Ratsam wäre es zudem, den Weg über das Bau-Département zwecks Bewilligung einzuschlagen.

Er bedankte sich bei mir für die Kooperation und wünschte mir einen schönen Tag.

Mit meiner Grob-Skizze wurde ich bald danach bei dem Planungsbüro „Rade+Fummel" vorstellig, wo man mir eine präzise Ausarbeitung unter dem Vorbehalt raschest zusagte, dass auch die Bau-Statik-Abteilung das Werk absegnen müsse. Besondere, speziell Druck- und Dauertests genügenden Berechnungen seien möglicherweise vonnöten, wenn man den Fall der „Stiftung Warentest" - ach, das wollen Sie nicht?

Welche Art Holz für die Konstruktion ausgesucht werden dürfe? Denken Sie an die Splitterungsgefahr zu leichter Hölzer. Das Objekt sollte immerhin einen Sturz aus mindestens zwanzig Metern Höhe schadenfrei überstehen. Nicht von der Hand zu weisen sei die Gefahr durch die giftigen Ausdünstungen besonderer verleimter Produkte.

Kiefer? Kiefernholz? Ohwowowow, die Astlöcher. Durch die Astlöcher pfeift der Wind wie Hechtsuppe, wenn man den Notenständer im Freien verwendet. Wird nicht im Freien …? Ahja, ausschließlich in der Wohnung. Also Kiefernholz. Gut. Sie hören von uns.

Vierzehn Tage lang hörte ich nichts.

Es traf aber ein Brief vom Bau-Département ein. Man teilte mir mit, dass mein Plan, obwohl es ja der des Planungsbüros war, bei ihnen eingetroffen sei.

Es werde nun ein Planfeststellungsverfahren eingeleitet, was dem Zweck diene, erstens den Widerspruchs- und Einspruchsberechtigten eine Frist und Raum zu bieten und zweitens, nach Beendigung der Wider- bzw. Einspruchsphase, den Rechtsstatus sicherzustellen. Des Weiteren sei es notwendig, den Bauantrag öffentlich auszuhängen.

,Das geht ja flott', dachte ich und wartete auf die Einsprüche. Diese kamen denn auch prompt wie der Donner nach dem Blitz.

Am schnellsten war der Bund für Natur- und Umweltschutz.

Orkan „Lothar" sei es zu verdanken, dass immer noch riesige Nassholzlager aus Sturmholz vorhanden seien, deren Verringerung oberste Priorität hätte. Durch den Verkauf von Holz aus jenen Sturmholzbeständen würde man zudem die finanziell stark gebeutelten Waldbauern in ihrer Not unterstützen.

Würde man dennoch ausländischer Kiefer den Vorzug geben, müsse sichergestellt werden, dass nur zertifiziertes Holz zur Verwendung käme. Zertifiziertes Holz entspricht Einfuhrrichtlinien der EU, wonach dieses weder durch Kinderarbeit noch durch Sklavenarbeit geschlagen worden sein darf. Eindeutige Herkunftslandnachweise seien zu erbringen, ebenso bilaterale Handelsabkommen zwischen der Schweiz und Fremdländern zu beachten.

Hölzer aus Ländern, die weder das internationale Klimaschutzabkommen noch das Boden-Erosionsschutzabkommen unterzeichnet hätten, seien von einem Kauf ausgeschlossen.

Was ist VSMG? Es ist der Verein für Sicherheit vor Missbrauch und Gewalt.

Musik, warf der Verein in einer Petition ein, Musik sei eine nicht genau kalkulierbare, weltumfassende Machtgröße. Geschichtlich betrachtet hat Musik seit Menschengedenken nicht nur zu fundamentalen Gesellschaftsveränderungen geführt - man führte zum Beispiel die Zeit des Rock'n Roll an   - sondern wurde auch als aggressionsförderndes Stimulansium in Form von Militärmusik missbraucht. Und immerhin soll es sich bei dem Bauvorhaben um einen „Musik"-Notenständer handeln. Man wolle seitens des VSMG zwar den Notenständerbau nicht unterminieren, aber doch auf gewisse mögliche Ressentiments hinweisen. Wehret den Anfängen, die aus dunklen Stuben kommen.

Der Internationale Währungsfond (IWF) erhob Einwände, dass es sich beim Teilwort „Noten" des Begriffes „Notenständer" möglicherweise um ein monetäres oder anderes Zahlungsmittel handeln könnte. Geldnoten gäbe es in inflationären Mengen wahrlich genug und man könnte einer weiteren Währungseinheit, die denkbarerweise Börsen- und andere Kurse bedroht, keine Unterstützung gewähren.

Das Zweite Deutsche Fernsehen (ZDF) mit seiner Sendung „Mona Lisa", echauffierte sich an dem Wort „Ständer". Es sei eine bodenlose Unverschämtheit, mit dem sexistischen Begriff „Ständer" derart gleichgültig umzugehen. Das bisschen von „Ständern" verursachte Glück stehe in keinem nennenswerten Verhältnis zu dem, gerade was Frauen betrifft, durch die Gemeinten eher herbeigeführten Unglück. Erdballweit wurden seit der Antike Kriege geführt, nur weil irgendein Herr einen „Ständer" hatte. Und jetzt plane ein anderer Herr sogar einen eigenen „Ständer" zu bauen. Aus Holz, man stelle sich das vor. Ob ihm sein eigener „Ständer" nicht mehr genüge?

Man verlange eine eidesstattliche Erklärung, dass das Abbild des fertigen Objekts weder einer maskulinen Geschlechtsausprägung noch einer anderen phallusähnlichen Form ähnlich sehen wird.

Die Oberbranddirektion, kurz Feuerwehr, erlaube die Aufstellung des Holzmöbels nur unter Bereitstellung eines Eimer Wassers oder eines Feuerlöschers. Begründung: Von Holz gehe eine potentielle Gefährdung für Leib und Leben, für Hab und Gut aus. Man habe so seine Erfahrungen.

Das Jüdische Zentrum ließ anfragen, ob der Notenständer unbehandelt und naturbelassen, oder ob er eventuell veredelt, also lackiert oder bemalt werden würde. Bei der Absicht des Lackierens würde man sich bei der Auswahl der Produkte einiger Sorgfaltspflichten nicht entziehen können, gibt es doch einen Index geächteter Farbenhersteller. Nachkriegsfolgefirmen der IG-Farben, Hersteller des Menschenvernichtungsgases Zyklon B, könnten unter keinen Umständen als Lieferanten akzeptiert werden.

Ich schrieb Briefe, ich versicherte, ich beschwor und ich beschwichtigte.

Mittlerweile kaufte ich ohne großes Brimborium das Holz und das nötige Zubehör beim Baumarkt in Deutschland, wo es zum einen billiger zu haben war als bei einem entsprechenden Händler in der Schweiz, und zum andern mir die Möglichkeit der Mehrwertsteuerrückerstattung in dem Falle winkte, wenn ich die Ware nachgewiesenermaßen aus Deutschland aus- und in die Schweiz einführen würde, was ich ja, da ich in der Schweiz wohne, unbedingt vorhatte.

Die Wareneinfuhr beim Schweizer Zoll: Was für Holz ich hätte? Holz bewurzelt und noch lebend, oder biologisch totes Holz? Sollte das Holz bewurzelt und noch lebend sein, könne man es nur unter Freigabe des Eidgenössischen Pflanzenschutzes in die Schweiz einführen, natürlich erst nach der kostenpflichtigen Begasung zum Abtöten eventueller ansteckender Pilze oder Schädlinge wie des „Schleimigen Holzfressers" oder des „Heimtückischen gelbblauen Korkenzieherkäfers". Bei biologisch totem Holz wird die Unterzeichnung eines Monopol-Beachtungsscheines vorgeschrieben. Darin heißt es, dass man zur Kenntnis genommen hat, biologisch totes Holz nicht zum Bau für Särge verwenden zu dürfen und dass man keine Streichhölzer, sei es in kleinen oder in großen Mengen, produzieren darf.

Eiderdaus.

Der definitiven Baubewilligung des Bau-Départements harre ich bis heute noch immer. Neuesten Vernehmungen zu Folge ist abschließend nicht endgültig geklärt, was mit dem Musiknotenständer passiert, wenn zum Beispiel der Mond auf die Erde fällt.

Irgendwann beginne ich jetzt, nachts, bei zugezogenen Vorhängen, mit dem Bau, solange ich mich noch einigermaßen bewegen kann. Dauernd tritt mich nämlich ich glaub ein Pferd, und wenn es mich gerade mal nicht tritt, dann ist es bestimmt unterwegs und wiehert in irgendwelchen Amtsstuben. Ich kann es ganz deutlich hören.

Liebe Grüße, Dein Papi.

Anmerkung:
Ich weiß nicht, ob meine Tochter den Notenständer noch heute als Möbel, denn im Prinzip war die Konstruktion das auch, in ihrer Wohnung stehen hat. Vielleicht ist er ja, wegen Verwendung zweitklassigen Leims, aus demselben gegangen.

Bexi und Lisa

Lisa wohnte seit ungefähr einem halben Jahr bei mir. Am liebsten trug sie schwarz/weiß, oder besser gesagt, sie trug eigentlich immer schwarz/weiß. Ich glaube, dass diese Farbkombination am besten zu ihrer Figur passte und ich denke, dass sie das wusste, denn sie hatte diesen ganz besonderen *Catwalk*. Dabei war sie gar kein sogenannter Hungerhaken, sondern eher, sagen wir es mal so, wohlgeformt. Und obwohl *Lisa* eine der seltenen Stehpinklerinnen war, blieb sie doch in jeder Situation eine Dame. Am bezauberndsten allerdings waren ihre Augen. Vielleicht sollte ich zum besseren Verständnis erklären: *Lisa* war eine Katze.

War, Vergangenheitsform, denn *Lisa* ist leider schon lange gestorben.

Es waren für mich persönlich nicht gerade die besten Jahre. Vor kurzem war meine Beziehung zu einer Frau in die Brüche gegangen. Ich hatte sie verlassen, oder sie mich, wer weiß das nach so langer Zeit noch genau, beziehungsweise, wer will es noch so genau wissen? Es muss so um den Jahrtausendwechsel herum gewesen sein. Jedenfalls hielt ich damals von Frauen im Allgemeinen und von einer Beziehung im Besonderen nicht gerade viel. Aber so ganz alleine zu sein?

Auf gezielte Nachfrage erhielt ich über die „Markgräfler Katzenfreunde" Name und Adresse einer Katzenmutti aus einem kleinen Ort bei Basel, von der man wusste, dass sie Katzen aus Tierheimen vermittelte. Sie nahm mich in ihre Interessentenliste auf, und bereits eine Woche später rief sie mich an und teilte mir mit, dass sie eine zu meiner Biographie (Singlehaushalt, berufstätig, Wohnung im vierten Stock) passende Katze hätte. Noch am gleichen Abend fuhr ich dorthin, um **meine** Katze abzuholen. Als ich sie zum ersten Mal sah, wusste ich sofort, dass sie *Lisa* heißen würde, obwohl sie nach den Papieren des Tierheimes Mulhouse in Frankreich *Genevieve* getauft war, was ein schöner und wohlklingender Name ist, aber für mich hieß sie *Lisa*.

Lisa war angeblich zwischen acht und zehn Jahre alt, als die Katzenmutti sie aus dem Tierheim in Mulhouse abgeholt hatte. Als ich *Lisa* wegen eines lästigen Schnupfens in Basel zum Tierarzt brachte, sagte er, dass sie mindestens fünfzehn Jahre wenn nicht mehr auf dem Buckel habe.

So kam *Lisa* zu mir.

Von Berufs wegen sollte ich an einem dreitägigen Seminar in der Nähe von Stuttgart teilnehmen. Ausgeschlossen, jeden Tag nach Hause zu fahren, um *Lisa* zu versorgen. Da ich aus verschiedensten Gründen niemand Fremden mit der Aufsicht beauftragen wollte, wandte ich mich an meine Tochter Bexi. Das Blitzmädel holte als Spätberufene das Abitur an einem Gymnasium im Kanton Baselland nach und arbeitete nebenher halbtags in ihrem Erstberuf bei einer Basler Bank; ein richtiger Workaholic also.

Bexi erklärte sich sofort bereit, während meiner dreitägigen Abwesenheit auf *Lisa* aufzupassen, womit gemeint war, ihr morgens und abends Futter und Wasser hinzustellen, das Katzenklo sauber zu machen und vielleicht ein paar Streicheleinheiten zu spenden. Bei Bexis Besuch zur Schlüsselübergabe stellte ich die beiden einander vor und wies meine Tochter, neben den normalen Tätigkeiten, auf *Lisas* besonderes Verhalten beim Pinkeln hin.

Wie schon erwähnt, war *Lisa* eine Stehpinklerin. Sie setzte sich nicht auf ihre Hinterbeine und pieselte dazwischen, sondern sie reckte Hintern und Schwanz hoch in die Luft und strahlte horizontal ihre Pisse nach hinten. Das hatte zur Folge, dass kein normales Katzenklo für sie geeignet war, weil zu niedrig, und ein Klo mit Deckel und Klappe betrat sie nicht, warum auch immer. Ich hatte aus diesem Grund in einer Nische der Küche das Katzenklo mit Folien so drapiert, dass auf drei Seiten ihr Urin an den Folien hinunter in das Katzenstreu lief; nur auf der Einstiegsseite nicht, denn die Katze musste das Klo ja betreten können.

Argwöhnisch betrachtete Bexi die Konstruktion und meinte dann, dass es schon irgendwie funktionieren würde. Auf meine besorgte Frage, ob sie sich diese Aufgabe überhaupt zutrauen würde, beruhigte sie mich und meinte, ich solle ganz stressfrei zu meinem Seminar fahren.

„Wir sehen uns dann wieder in drei Tagen.“

Als ich nach drei Tagen wieder in meine Wohnung kam, begrüßte mich *Lisa* leidenschaftlich, aber irgendetwas war anders. Ich sah nur nicht auf den ersten Blick, was es war.

Dann kam abends Bexi angestürmt und fiel mir erst mal um den Hals, kaum dass wir „hallo“ gesagt hatten.

„Es tut mir so leid, Papi“, jammerte sie an meiner Brust. „Ich mach´ auch alles wieder gut. Ich ersetze dir natürlich alles …“

Dabei hatte ich noch immer nicht herausgefunden, was der Anlass für ihre Panik sein könnte. Nun war ich wirklich gespannt. Ich führte Bexi ins Wohnzimmer, ließ sie sich setzen und forderte sie auf: „Na, komm, erzähl."

„Am Anfang war alles gut", begann sie zu schildern. „Es war alles total easy. Kein Problem mit dem Futter und so. Aber vorgestern …also ich komm´ in die Küche, um die Kacke aus dem Katzenklo zu entfernen … da war das Klo von *Lisa* besetzt. Pinkelposition. Aber in die falsche Richtung. Nicht nach hinten auf die Folien, sondern nach vorne raus Richtung Küchenboden. Ich wollte noch eingreifen und rufen, aber da plätscherte es schon. Sie pinkelte in hohem Bogen auf den Boden. Das wäre ja nicht das Schlimmste gewesen, aber unter deinem Küchentisch liegt ein Teppich, und die ganze Pisse auf den Teppich."

„Ojojojoi!" Mehr brachte ich vor lauter Staunen nicht heraus und musste mir ein Grinsen verkneifen. „Weiter", drängte ich sie. „Und was dann?"

„Ehrlich, Papi, ich ersetz´ dir alles." Sie schluckte. „Als *Lisa* fertig war, hab´ ich den Teppich unter dem Tisch hervor gewürgt und in die Badewanne getragen. Dort ließ ich Wahahahasser …", nun brachen bei ihr alle Dämme, „… drüber laufen und den Teppich einweichen", schniefte sie, „und …"

„Ja was denn, Bexi?" Ich konnte die Spannung kaum noch ertragen. „Und?"

„… und als ich den Teppich dann durchgeknetet hab´ ist mir ein Etikett auf dem Teppich aufgefallen. Ich setze also meine Brille auf, lese, hergestellt in weißichwo, und dann ganz unten: **Don´t wash**!!! Huhuhuhuhu, Papi, **Don´t wash**, Und ich hab´ ihn gewaschen, und jetzt ist er hinüber. Huhuhuhu …"

Da konnte ich mich vor Lachen nicht mehr halten. Ich habe selten so gewiehert, und Bexi glotzte mich mit großen Augen an. Jetzt verstand sie die Welt nicht mehr. „Aber …"

„Hallo, Bexi", nahm ich sie endlich in die Arme. „Bexi. Es ist so riesig anständig von dir, dass du dich um meine Sachen derart sorgst. Aber bei einem Teppich von IKEA für vier Franken fünfundneunzig kann ich den Verlust gerade noch verschmerzen."

Den so betrauerten Teppich besitze ich heute noch. Man hat ihm nach dem Trocknen überhaupt nichts angesehen. Ich wasche ihn seither immer wieder und denke dabei an Bexi und *Lisa*.

Mein alter Teddybär

Ich war zu Haus und suchte was
von Kindheit, ohne Unterlass,
bis ich dich hab´ gefunden.
Und augenblicklich war mir klar,
dass dies das off´ne Fenster war
zu meiner Kindheit Stunden.

So lang saßt du alleine dort,
wo meiner Eltern Heimatort,
in einem kalten Zimmer.
Voll Staub warst du in jenem Eck,
dein alter Pelz ganz voller Dreck,
die Augen ohne Schimmer.

Als Tröster für mein kleines Herz,
als Balsam für den Kinderschmerz,
stets warst du mir willkommen.
Hatte ich Sorgen irgendwie –
- als kleines Kind, da hat man sie –
du hast sie mir genommen.

Du hast die Zeit mit mir verbracht
als mein Begleiter in der Nacht.
Im Bett hast du gesessen.
Wie ich als Mann dann von zu Haus
gezogen bin ins Leben raus –
da hab ich dich vergessen.

Wie schaust du aus, mein alter Freund?
Die Augen hast du ausgeweint,
mein lieber guter Tropf.
Dort, wo die Augen früher Platz
gehabt, hat quasi als Ersatz
man angenäht ´nen Knopf.

Die Hände, Füße, ach du Graus,
seh´n wie geflickte Socken aus –
es ist ein wahrer Schreck.
Auch wo du früher trugst dein Fell –
- wie eine Glatze heut´ so hell –
vom Pelz ist alles weg.

Ich nahm dich mit
nach Haus zu mir …

… und stopfte deine Löcher dir.
Ein Körper voller Stroh.
Ich hab´ ein braunes Garn genommen,
auch ein Gesicht hast du bekommen.
Darüber bin ich froh.

Nun bist du wieder hier bei mir.
Mein alter Freund, ich danke dir
für deine lange Treue.
Ich liebe dich noch immerdar
wie damals, als ein Kind ich war,
und ach, wie ich mich freue.

Unerwarteter Besuch

Neulich war´s, ich saß am Schreibtisch
in meinem Zimmer ganz allein.
Die Luft im Raum war plötzlich statisch
ganz anders, quasi sphärisch rein.

Von einem kühlen Hauch berührt
hielt ich im Schreiben inne.
Ein Hüne kam hereinspaziert,
in einem Hemd ganz dünne.

Er war so weiß wie eine Wand
und schien wie Glas durchsichtig,
und er trug Federn in der Hand,
was für den Fall ist wichtig.

„Ich bin dein Engel", sprach er nun,
Verzweiflung in der Stimme.
„Hab´ dich bewahrt vor bösem Tun
und vor des Lebens Schlimme.

Jetzt sei so gut, ich bitte dich,
nur einmal in dei´m Leben.
Hilf mir und unterstütze mich,
die Federn anzukleben.

Du siehst, es fehlen nur ein paar
an meinem rechten Flügel,
doch ohne ist er unbrauchbar,
als wär´s aus Holz ein Prügel."

Ich sah mir die Bescherung an
an seiner rechten Schwinge,
und nahm den Alleskleber dann,
auf dass das Werk gelinge.

Als bald vorbei die Prozedur
erprobt er sein Gefieder
und übte ein paar Schläge nur:
„Hurra, sie tragen wieder.

Zwischen den Ohren, sag´ ich dir,
denkst du, du siehst Gespenster.
Du hast noch etwas gut bei mir."
Dann flog er aus dem Fenster.

Glücksspiel

Ich spiele Lotto, tippe Toto,
setze auf Pferde im Galopp.
Ich spiele Glück, frei nach dem Motto:
„Die Wette gilt, hopp oder top."

Vertraut sind mir die netten Damen,
die Lottofeen im TeVau.
Ich kenne jedes Gaules Namen
und aller Jockeys ganz genau.

Ich löse Rätsel aus der Zeitung,
aus Illustrierten, kreuz und quer.
Man gewinnt Ferien mit Begleitung,
sofern die Lösung richtig wär'.

Ich rufe ständig an beim Fernseh'n,
wann immer dort man Fragen stellt,
und würd' es wirklich einmal gern seh'n,
dass ich zur Antwort ausgewählt.

Mir steckt die Weisheit in den Knochen,
ich bin ein wandelnd´ Lexikon.
Noch eh´ die Frage ausgesprochen,
weiß ich die Antwort vorher schon.

Ich dresch´ den Skat, ich bluffe Poker,
beim Würfeln mach´ ich alle nass.
Ich find´ zur rechten Zeit den Joker
und in der Not das fünfte Ass.

Den Spielgewinngesamtertrag
setz´ ich dann auf die Elf
im Spielkasino. **Donnerschlag!**
Gefallen ist die Zwölf.

Ich reib´ die Augen mir ganz dumm
und denke: Nanu, spinn´ ich?
Die Sache läuft ja ziemlich krumm,
normalerweis´ gewinn´ ich.

Das ganze schöne Geld ist hin,
Zehntausend und noch mehr.
Nun weiß ich, dass ein Tor ich bin
und Rindvieh, ungefähr.

Zahnloser Tiger

Es war einmal ein wilder Tiger,
und wer ihn sah, die Angst beschlich.
Er trat stets auf gleich wie ein Sieger,
und dieser Tiger, der war ich.

Mein Markenzeichen war'n die Zähne;
allein ihr Anblick fürchterlich.
Dort, wo ich hinkam, fielen Späne,
und es gab viel zu tun für mich.

Was hatt' ich damals für 'nen Biss,
was konnte ich so prächtig streiten.
Des Gegners Furcht war mir gewiss,
doch auch Respekt von allen Seiten.

Meistens lief ich mit gewetztem
Messer in der Gegend 'rum.
Leute sprachen mit entsetztem
Blick: „Da geht das Elend um."

Ich hab´ gekämpft für meine Rechte
und bald eilt´ mir der Ruf voraus,
dass ich auch für der Herren Knechte
würd´ fechten manchen Händel aus.

Der Zahnarzt sprach: „Parodontose.“
Das war der größte Schreck von allen.
Erst wackelten die Zähne lose -
und dann, dann sind sie ausgefallen.

Was soll ein Tiger ohne Zähne
oder ein Zebra ohne Streifen?
´s ist wie ein Löwe ohne Mähne
oder ein Auto ohne Reifen.

Nun sitz´ ich hier und esse Brei.
Die Därme will es mir zerreißen,
weil: Mit dem Tigern ist´s vorbei.
Nun müssen andre für mich beißen.

Rente

Ich weiß nicht, ob ich's schon erwähnte:
(bin nicht ganz up to date zur Zeit)
Ich hab genug! Ich geh' in Rente,
von nun an bis in Ewigkeit.

Es ging ganz schnell. Die Dokumente
bekam ich gestern mit der Post.
Ich arbeit' nix mehr; nada; niente!
Das wird gefeiert. Na denn prost.

Ehrlich gesagt, bin ich Beamter,
krieg' keine Rente, doch Pension.
Kreuzweis' nun können auf gesamter
Welt mich … Ach, Sie wissen schon.

Jetzt geht sie los, die Dauerfete.
Dolcefarniente, honigsüß.
Der Staat bezahlt für mich die Knete.
Ich glaub', ich bin im Paradies.

Mir geht es gut. Ich leide keine,
schon gar nicht finanzielle, Not.
Doch reicht die Rent' manch armem Schweine
nur knapp zum Leben vor dem Tod.

Mensch, wer nach vierzig Jahren Arbeit
nicht leben kann davon, begreif ich,
und auch zum Sterben grad nicht bereit
ist - auf so 'nen Staat, den pfeif ich.

Liebe

Das Osterlämmchen

Es war einmal eine freundliche, ältere Frau. Sie lebte zusammen mit ihrem angetrauten Manne in einem kleinen Dorf an einem großen Fluss. Sie waren glücklich und zufrieden und nichts konnte sie in ihrer trauten Zweisamkeit stören. Nur einmal im Jahr, immer wenn die Osterzeit nahte, wurde die Frau unruhig und begann, über merkwürdige Dinge nachzudenken und auch merkwürdige Dinge zu sammeln. Auch kaufte sie plötzlich Unmengen an Mehl, Eiern, Zucker und Butter, stöberte in den hintersten Ecken der Küchenschränke nach selten benutzten Gerätschaften, blätterte in alten Rezeptbüchern, bis sie eines Tages ihrem Mann verkündete, dass sie am nächsten Tag zu backen gedenke. Das war das Zeichen für ihren Mann, sich für den kommenden Tag in den unteren Räumen des Hauses einzurichten, was er auch sofort tat.

Am anderen Tag, frühmorgens schon, begann die Frau, alles für den Backtag vorzubereiten: Das Mehl wurde abgewogen und gesiebt; der Zucker wurde auch abgemessen; die Eier wurden abgezählt bereit gelegt; Vanille und Rum wurden portioniert; die gute Butter angewärmt und alle weiteren Zutaten gerichtet.

Da die Frau vom Rezept die doppelte Menge benötigte, weil sie zwei Osterlämmchen backen wollte, musste sie eine besonders große Schüssel verwenden. Sie begann also, alle Zutaten wie vorgeschrieben zu verrühren und siehe da, nach einiger Zeit entstand ein duftender, seidig glänzender Teig, den die Frau nach Gefühl in zwei Hälften teilte.

Mit der ersten Hälfte befüllte sie die uralte Lämmchen-backform und stellte sie in den vorgeheizten Ofen. Nach einer dreiviertel Stunde holte sie die Form aus dem Ofen und verbrannte sich dabei ganz fürchterlich die Hände. Doch alles Klagen half nichts, sie musste die Form öffnen und das fertig gebackenen Lämmchen herausnehmen. Es war jämmerlich klein!

Nun ja, dachte die Frau, ich habe ja noch die andere Hälfte des Teiges. Also fettete sie die Form neu und gab die letzte Teigmenge hinein. Sie ahnte schon, dass auch dieses Lämmchen sehr, sehr klein ausfallen würde, und sie wurde nicht enttäuscht.

Verzweifelt fragte sie sich, was sie wohl falsch gemacht hatte. Beim Herausnehmen aus der heißen Form verbrannte sie sich wiederum die Hände, und dann brach noch völlig unnötigerweise der Kopf des blöden Lämmchens ab.

Im selben Augenblick kam der Mann aus dem Keller hoch und sah die Misere. Er musste wohl die Verfassung seiner Frau intuitiv begriffen haben, nahm sie in die Arme und sagte:

„Macht doch nix, Schatz. Mir schmecken diese Dinger auch so."

Dieser Satz rettete ihm das Leben, wie alle Jahre zuvor.

Am anderen Tag fuhren sie gemeinsam in die Stadt und erstanden dort zwei wunderschöne Osterlämmchen in der Discounterbäckerei von „LIDDI".

Und wenn sie nicht gestorben sind …

Carola Betting

Zum allerersten Mal

Als sie erwachte,
zum ersten Mal,
 die Liebe
 in mir,
  rieb sie sich verwundert
  die Augen
   und schaute in mich
   hinein,
    wie ein frischgeschlüpftes
    Vogelküken
     zum ersten Mal
     aus seiner Nisthöhle
     im Baum.
      Sie schlang die Arme
      um sich,
       zitternd
       vor Kälte,
        denn das Herz,
        in dem sie wohnen sollte,
        war gefroren,
         und nur der Sand
         aus des Sandmanns Kiste
          verhinderte,
           dass sie auf dem eisigen Weg
           dorthin
            zu Fall kam.
            Sie nahm zwei Stöckchen
             in die klammen Hände,
             rieb sie so lange
              aneinander,
               bis durch die Reibung
               Hitze
                entstand und eine
                kleine Flamme
                 entsprang.
                  Behutsam legte sie

trockene Holzspäne nach
und pflegte
die Flamme,
die sicher wurde
und stet,
und zum ersten Mal
erfüllte Wärme
das kalte Herz
und Lichtschein
drang von drinnen
nach draußen.

Tapsig und unbeholfen
zunächst
wagte sie die ersten
Schritte,
dem Licht folgend,
mit Augen so groß
wie zwei Sonnen,
hinaus
in fremde, unbekannte
Regionen,
ehe sie Lust zu spielen
verspürte,
wie ein junger Fuchs
vor dem Bau,
und sich wunderbar leicht
fühlte,
weshalb sie sich mit
bunten Federn
schmückte wie ein
Paradiesvogel.

Bald brannte die Flamme
mit hoher Energie,
und ihre Kraft war groß,
sodass alles möglich
und nichts unmöglich
erschien.

Mit ungezügeltem Hunger
eroberte
das Feuer
nun die stolze,
geschwellte Brust,
zuweilen wild und
verzehrend,
und als die Brust
zu eng wurde,
folgte es dem Licht
nach draußen
und entdeckte die Welt,
aber auch deren
Verführungen.

Nun selbst vom Feuer
geblendet,
bemerkte ich,
dass ich starken
Hunger verspürte
nach Nahrung,
die das Feuer,
das Licht,
die Liebe,
mir nicht geben konnten.
Gleichzeitig sprang
das Feuer
über
auf meine
Wünsche,
auf meine
Begierden,
von denen ich annahm,
es seien
Diamanten,
jedoch nichts weiter waren
als profane Dinge,
wertlose Banalitäten,
und verbrannte

die vermeintlichen
Edelsteine
zerstörerisch
zu einem nach
Enttäuschung
und Scham
duftenden
Häufchen Asche.
Diese wiederum
rieselte
in mein Herz,
auf die Flamme,
erstickte
das Feuer
für viele Jahre.
Es wurde kalt,
das Herz gefror,
und es begann
zum zweiten Mal
eine lange
Eiszeit.

Dann begegnete ich
zum allerersten Mal
Ilse.

Und wenn …

Wir kennen uns nun manches Jahr
und oft bin ich versucht,
zu fragen, ob ich stelle dar
für dich, was du gesucht.
Ob stört dich, dass ich ruhig bin
und auch kein Mann von Welt schlechthin,
ob ich mich muss besinnen?
Und dass so vieles dort geschieht,
wo´s deinen Blicken sich entzieht,
im Herz, im Bauch, tief drinnen?

Wenn du dich fragst, ob es ihn rührt
und ob er an dich denkt,
und wenn du fragst, ob er es spürt
wie sehr dich nach ihm drängt?
Und warum bleibt sein Jubel aus,
schreit nicht sein Glück zum Mund hinaus
und freut sich wie von Sinnen?
Dann sag´ ich dir, das tut er auch;
Vulkane toben ihm im Bauch –
die Lava fließt nach innen.

Und wenn du meine Hand ergreifst
und hältst mich eng bei dir,
mir zärtlich durch die Haare streifst,
dein Lächeln dicht bei mir,
dann knistert es auf meiner Haut,
Gefühle werden aufgebaut
und türmen sich da drinnen.
In meiner Brust brennt heißes Licht,
doch kann ich es dir zeigen nicht –
es leuchtet nur nach innen.

Und wenn du glaubst, ich mag dich nicht,
dann horch´ in dich hinein.
Dort eine Stimme zu dir spricht,
die sagt dir, was ich mein´.
Es ist die Sprache, die nur leis´,
und du verstehst und sagst: „Ich weiß,
ich fühle es beginnen.“
Die stille Ahnung keimt in dir,
wird zur Gewissheit und dafür
wirst Liebe du gewinnen.

Belauschtes poetisches Gespräch eines älteren Ehepaares anlässlich des Geburtstages eines Nachbarn.

Er: „Bei Robert, unserem Nachbar, sind wir nicht heut' bei ihm zu Gast?
Bringt man da nicht was Kleines mit und fällt nicht nur zur Last?"

Sie: „Da hast du recht, mein lieber Mann, an was denkst du so Tolles?"

Er: „Na, kosten soll es ja nicht viel, doch Eindruck schinden soll es."

Sie: „Dann bring' dem Robert Töne mit, denn er hört gern Musik."

Er: „Oh nein, sag ich, der Robert hat's mit Musik schon ganz dick.
Der ist so satt, sein Schrank ist voll mit CDs und Schallplatten.
Wer Robert schenkt nur einen Ton, trägt Eulen auch nach Atten."

*Sie: „Sag mal, mein Bester, heißt das nicht **Athen**? Mir langem **E**? **Atheeen**. Weißt schon, wie die Hauptstadt von Griechenland. Immerhin war ich schon mal dort."*

Er: „Ja schon, aber dann passt es nicht wegen dem Reim."

Sie: „Was ist?"

Er: „Es passt nicht wegen dem Reim."

Sie: „Man sagt nicht <wegen dem Reim>, sondern <wegen des Reimes>!"

*Er: „Also gut, dann passt es halt nicht wegen <des Reimes>. Es hieße ja dann ... sein Schrank ist voller **Schallplatheeen**/ ... trägt Eulen auch nach **Atheeen**. Hörst du? Es passt nicht. ... **Platheeeen**/... **Atheeeen**. Das ist Mist. Wir nehmen **Schallplatten** und **Atten**. Basta."*

Sie: „Na gut, wenn du meinst, ich hab's ja nur wegen der Richtigkeit gemeint."

Er: „Ach, was du immer meinst. So viel Meinung wie du hat kein Mensch."

Sie: „Werd' jetzt nur nicht gemein. Aber pass' auf:
Dem Robert, mein' ich, schenken wir ein Arrangement mit Pflanzen."

Er: „Du meinst ja schon wieder. Aber lassen wir das.
Vergiss das gleich, oh nein, oh Graus, da fängt er an zu tanzen.
Dort ist es vollgestopft mit Blumen, das lass mal lieber sein.
Wer Robert Blumen schenken tut, trägt Wasser in den Rhein.

Ich wüsst' da etwas Praktisches, 'ne Flasche voll mit Luft.
Ich hab sie aufgefüllt im Wald, sie riecht nach Tannenduft.

Die nimmt er mit, falls er einmal den Berg hoch radeln tut.
Denn bleibt ihm dort die Puste weg, tut Extra-Luft ihm gut.

Und hier noch was Besonderes. Mit Wasser voll 'ne Flasche.
Die ist nicht groß, die ist nicht schwer und passt in jede Tasche.
Die Profis nehmen's alle schon, die paddeln auf 'nem Bach.
Man leert sie aus, grad im Moment, wo's Wasser wird zu flach."

Sie: „Nun hör' aber mal im Ernst her, Ernst (Tatsächlich heißt ihr Mann so). Das sind doch keine Vorschläge. Flasche Luft, Flasche Wasser. Also reiß' dich mal zusammen. Erstens ist Robert viel zu faul, um mit dem Fahrrad zu fahren, geschweige denn einen Berg hoch. Dem keuchen ja schon die Lungen, wenn er in den ersten Stock die Treppe steigen muss. Und hast du je ein Paddelboot bei ihm gesehen? Hä? Na also. Konzentrier' dich bitte."

Er: „Okay, und zweitens?"

Sie: „Wie? Versteh' ich nicht."

*Er: „Du hast **erstens** gesagt. **Erstens,** hast du gesagt, ist Robert viel zu faul. Wer **erstens** sagt, muss auch **zweitens** sagen. Das ist so ähnlich wie mit dem A und dem B."*

Sie: „Jetzt sprichst du aber in Rätseln."

Er: „Ich glaub', du stehst auf der Leitung. Wer A sagt muss auch B sagen."

Sie: „Was willst du eigentlich von mir?! Was ist nur heute mit dir los? Ständig hackst du auf mir herum."

*Er: „Ach nee, du hast doch angefangen mit dem dämlichen Spiel **wegen des Reimes.** Wenn du dir erlauben kannst, wegen der Richtigkeit etwas zu sagen, dann kann ich das ja wohl auch."*

Sie: „Ja schon, aber der Ton macht die Musik. Du hast ja förmlich darauf gewartet, mir eine Retourkutsche verpassen zu können."

Er: „Und lange hat es ja nicht gedauert, hähähä."

Sie: „Stimmt leider. Ich hab' es ja förmlich blitzen gesehen in deinen Augen. So eine gemeine klammheimliche Freude, die ich schon länger bei dir festzustellen glaube."

Er: „Was ist nun? Wollen wir streiten oder wollen wir uns Überlegungen über ein Geschenk für Robert machen?"

Sie: „grmmlgrmml ..."

Er: „Also ich denke … jetzt grins´ doch nicht so blöd, wenn ich sage, dass ich denke. Siehst du, du bist nämlich gemein. Du **meinst** ständig etwas und du bist **gemein**. Wenn er ´ne Flasche Luft geschenkt bekommt, dann kauft er sich vielleicht ein Fahrrad.

Sie: „Quatsch mit Sauce, Alter.“

Er: „Also eine Sprache legst du an den Tag …ich erkenne dich kaum wieder. Und wenn er eine Flasche Wasser bekommt, dann kauft er sich vielleicht ein Paddelboot. Ich kann mir Robert sehr gut in einem Paddelboot vorstellen. Ich würde sogar mit ihm mitfahren.“

Sie: „Jaja, und wenn er eine Flasche Benzin geschenkt bekommt, dann kauft er sich gleich ein Motorrad.“

Er: „Nein, tut er nicht.“

Sie: „Tut er doch.“

Er: „Tut er eben nicht.“

Sie: „Und warum nicht?“

Er: „Weil er schon längst ein Motorrad hat. Bäätsch.“

Sie: <Αβ μοργεν>, <ω™σχητ ερ σεινε Ω™σχηε σελβστ υν▯ ▯○⇪ℏ▯▯ ⌐○ℓℓ ▯. α υχη σελβερ οδερ αυσω™ρτσ εσσεν γενεν.>, denkt sie (wobei der Leser nicht wirklich wissen will, was sie denkt, doch man kann es sich ja denken). Dann jedoch findet sie wieder in die Spur und meint: „Ich hätte noch eine letzte Idee:

> Geheimrezept bei Läufern ist die Gummibärchen-Power.
> Unersetzlich sind sie für den Zweck des Laufes Dauer.
> Die Wirkung, die ist zweigeteilt: Sie schmecken nicht nur gut,
> schon eins davon zur Wiederkehr der Kräfte sorgen tut.“

Er: „Boooooaaaaa, schon wieder was mit Sport …“

Sie: „Ja, aber dann bringen wir endlich mal unsere alten Gummibärchen los, die schon so lange an der Sonne stehen.“

Er: „Nein, das können wir nicht machen, denn ich erinnere mich, dass wir die vor einigen Jahren von **ihm** geschenkt bekommen haben. Was ist, wenn er sie wiedererkennt? Neinneinnein. Aber jetzt fällt mir gerade ein, dass er einen Hund und eine Katze hat.“

Sie: „Ja natürlich, das ist ein glänzender Einfall. Dass ich nicht selber darauf gekommen bin? Der Hund heißt **Wuschel** und die Katze heißt **Kitty**.

Dann pass mal auf, mein lieber Mann, in seinem Haus, da zieht´s
durch Spalt und Schlitz an allen Tür´n, unangenehm, man sieht´s.
Dass *Wuschel* meist am Eingang liegt hat sicher einen Grund:
Er hält somit die Zugluft ab und ist ein **Spaltenhund**.
Und auch die *Kitty* ist trainiert auf exponierten Sitzplatz:
Wo´s zwischen Tür und Angel zieht, dort liegt sie hin als **Ritzkatz**.“

Er:	„Toll: Bring´ Hund und Katz ein Fressi und wir sparen uns die Knöpfe.
	´s gibt keinen Stress, und wo kein Stress, gibt´s keine heißen Köpfe.“
Sie:	„So lass´ uns denn ganz stillvergnügt dem Robert gratulieren.
	Doch achte drauf, dass jedenfalls ´s genug gibt zum Dinieren.“
Er:	„Mein Hunger wird mir schon zu groß. Mir wer´´n die Knie weich.
	Wir schlagen uns den Bauch ganz voll, und zwar sofort und gleich.“
Sie:	„Und wenn mein Bauch dann voll ist, dann rülps´ ich fürchterlich.
	Wer mit dem Essen Letzter wird, muss helfen in der Küch´.“

Er: „Donnerwetter, das hätt´ ich nicht gedacht.“
Sie: „Was denn?“
Er: „Dass wir so gut miteinander harmonieren.“

... und
Zu guter Letzt

Im Wald

Im Wald.
Es röhrt der stolze Hirsch und meint,
er sänge etwas Schönes.

Im Wald.
Des Försters Hund ist angeleint
und denkt sich was Obszönes.

Im Wald.
Das scheue Reh betritt das Bild,
dort drüben auf der Lichtung.

Im Wald.
Nun kläfft des Försters Hund wie wild.
Der Hirsch glotzt in die Richtung.

Im Wald.
Dem Hund schenkt er nicht einen Blick,
er schreitet auf das Reh zu.

Im Wald.
Enttäuscht zieht er sich dann zurück.
Das Reh ist keine Hirschkuh.

Bis bald.

www.ingramcontent.com/pod-product-compliance
Lightning Source LLC
Chambersburg PA
CBHW080716020726

47501CB00010B/2458